dtv

Mit spitzer Feder brachte Kurt Tucholsky, einer der meistgelesenen Schriftsteller und Zeitkritiker der Weimarer Republik, Glossen und Satiren, kabarettistische Szenen, Lyrik und Chansons zu Papier. Gegen das korrupte Spießertum und die Beamtenschaft, gegen bürgerliche Lethargie und die Justiz. Tucholsky war ein humorvoll-ironischer Polemiker mit einer großen Vorliebe für den Wortwitz. Seine Aphorismen und Lebensweisheiten, die in dem Bändchen zusammengetragen sind, überzeugen noch heute durch Weitblick und Scharfsinn.

*Kurt Tucholsky*, am 9. 1. 1890 in Berlin als Sohn eines Kaufmanns geboren, schrieb schon in seiner Schulzeit und während des Jurastudiums für ›Ulk‹, die Beilage des ›Berliner Tageblatts‹, und für das SPD-Parteiorgan ›Vorwärts‹. 1912 begann mit der Veröffentlichung von ›Rheinsberg, ein Bilderbuch für Verliebte‹ auch seine schriftstellerische Laufbahn. Tucholsky war Literatur- und Theaterkritiker bei der ›Schaubühne‹ (später ›Weltbühne‹) und als Korrespondent in Paris tätig. 1929 emigrierte er nach Schweden, 1933 wurde er ausgebürgert, seine Bücher wurden verbrannt. Er starb am 21. 12. 1935 in Hindås bei Göteborg.

Der Herausgeber, *Günter Stolzenberger*, lebt als wissenschaftlicher Autor in Frankfurt a. M. Bei dtv erschienen von ihm bereits mehrere erfolgreiche Anthologien.

Kurt Tucholsky

# Dürfen darf man alles

Lebensweisheiten

Ausgewählt und herausgegeben
von
Günter Stolzenberger

Deutscher Taschenbuch Verlag

Von Günter Stolzenberger
sind im Deutschen Taschenbuch Verlag erschienen:
MeerGeschichten (12729)
WasserGeschichten (12792)
Die Kunst des Wanderns (20030)
Ringelnatz. Zupf dir ein Wölkchen.
Gedichte (13301)

Originalausgabe
Februar 2006
2. Auflage Dezember 2006
Deutscher Taschenbuch Verlag GmbH & Co. KG,
München
www.dtv.de

Umschlagkonzept: Balk & Brumshagen
Umschlagbild: © Bridgeman Giraudon
Gesetzt aus der Bembo 10/12˙ (3B2)
Gesamtherstellung: Druckerei C. H. Beck, Nördlingen
Gedruckt auf säurefreiem, chlorfrei gebleichtem Papier
Printed in Germany
ISBN-13: 978-3-423-13431-6
ISBN-10: 3-423-13431-3

# Inhalt

*Aus dem Bauch geschrieben*

Wir werden das niemals begreifen, daß nicht alles auf der Welt geregelt sein kann, daß es auch gar nicht nötig ist, daß allgemeine Richtlinien vollauf genügen, und daß alles Übrige sich durch den gesunden Menschenverstand und durch einen gewissen natürlichen Ausgleich allein regeln muß.

1, 339

Die Wahrheit kommt oft spät.

2, 80

Schweigen ist die Perle in der Krone der menschlichen Künste.

2, 152

Und das sind meisthin die klügsten Dinge, die wir so einfach dahin sagen: ohne Interesse an jemand, ohne Ranküne gegen einen andern, ohne die Absicht, zu gefallen oder zu mißfallen.

2, 168

Falsche Herzenstöne gibt es nicht. Es gibt nur falsche Herzen.

2, 186 f

Das Gehirn ist eben nicht allen Dingen gewachsen.

2, 187

Man muß aus der Stille kommen, um etwas Gedeihliches zu schaffen. Nur in der Stille wächst dergleichen.

2, 238

Wer inbrünstig haßt, muß einmal sehr geliebt haben.

2, 382

Man sollte sich doch treu bleiben.

2, 388

Menschenleid ist zu allen Zeiten dasselbe gewesen, und wer es nicht gefühlt hat, wenn es ihm ans Herz klopfte, hatte das schlimmste Laster, das Weise, Religionsstifter und Ethiker kennen: die Trägheit des Herzens.

2, 413

Große Dinge ereignen sich nicht mittags um zwölf Uhr zehn. Sie wachsen langsam.

2, 418

Zwischen Ungezogenheiten und würdeloser Kriecherei gibt es einen dritten Weg. Den der Menschlichkeit.

2, 430

Der Mensch ist, bei Gott, nicht gut. Ihn aber dennoch anzuhalten, daß er nicht töte, auch nicht unter Schwenkung einer ethischen Fahne, scheint mir Aufgabe und Pflicht besserer Menschen.

2, 435

Es geht nirgends so merkwürdig zu wie auf der Welt.

3, 164

Jeder Schmerz wird vergessen. Das hat der liebe Gott so weise eingerichtet, denn sonst setzten die Menschen keinen Schritt mehr vor den andern (...).

3, 261

Fühlt man sich doppelt warm, wenn es draußen schneit und windet? Ja, vielleicht. Aber fühlt man sich auch doppelt wohl, wenn draußen Leute leiden?

3, 316

Unter der kleinen Qual liegt eine tiefe Lust ...

3, 342

Spaß macht ja immer nur das Überflüssige.

3, 355

Von oben gesehen, sieht das ungefähr so aus: Niemand hat das, was er eigentlich braucht. Alle Welt sucht.

4, 185

Manchmal fahren zwei Eisenbahnzüge nebeneinander her, in derselben Richtung. Die Insassen des schnellern Zuges machen dann fröhliche Gesichter, sehen genau forschend hinüber, ein ganz klein wenig mitleidig. Die des langsamen Zuges schauen gleichgültig drein oder gucken gleichgültig fort. Schnellere Züge interessieren nicht sehr.

4, 187

Schimpfen ist eine Lebensnotwendigkeit wie Atmen (...).

4, 328 f

Unser Leben gehört uns. Ob wir feige sind oder nicht, ob wir es hingeben wollen oder nicht –: das ist unsre Sache und nur unsre.

4, 390

In fast allen Pyrenäenstädten herrscht eine weiche, geruhsame Luft, besonders in den hübschesten unter ihnen, die am Anfang der Ebene liegen – freundlich geht es da zu. »T'en fais pas!« ist ein schöner Grundsatz. Bring dich nicht um! Nun, hier bringt sich keiner um.

5, 126

Das Leben ist so grau, heutzutage – so durchaus berechenbar – die Leute brauchen etwas Romantisches, etwas Unvorhergesehenes, und sei es auch nur in der Phantasie.

5, 167

Einmal, einmal muß man hinter jeden geschlossenen Vorhang sehen – das ist so.

5, 214

Die Moral des Hühnerstalls (...) gebietet, daß man nach Körnern pickt, und, so man welche gefunden hat, sie auch aufißt – sonst nimmt sie der andre!«

5, 260

Etwas gegen den Hund zu sagen, heißt für viele, am Heiligsten rühren, wo der Mensch hat.

5, 327

Geräusch anhören ist: an fremdem Leben teilnehmen.

5, 332

Mit Lammsgeduld und Blöken kommt man gegen den Wolf nicht an.

5, 340

Wenn einer was redet, dann muß er auch was zu sagen haben!

5, 359

(...) schade, daß man einen Wein nicht streicheln kann.

5, 375

Wertvolles muß wachsen.

5, 390

Die Welt verachten – das ist sehr leicht und meist ein Zeichen schlechter Verdauung. Aber die Welt verstehen, sie lieben und dann, aber erst dann, freundlich lächeln, wenn alles vorbei ist –: das ist Humor.

5, 415

Kaum jemand, von den sehr reichen Leuten abgesehen, lebt sein eigenes Leben, was das Ohr anbetrifft. Er lebt das Leben seiner Nachbarn mit.

6, 23

Höre auf die Stimme des Publikums, aber überschätze sie nicht – in dir selbst muß eine Kompaßnadel die Richtung anzeigen.

6, 32

Es ist ein großer Irrtum, zu glauben, daß Menschheits-Probleme »gelöst« werden. Sie werden von einer gelangweilten Menschheit liegen gelassen.

6, 33

Wer immer da ist, wo er ist, der sieht zum Schluß nicht mehr. Er sieht die Bäume, die Zweige und die Äste – den Wald sieht am besten der, der noch nie einen gesehen hat.

6, 86

Vielleicht will die Vernunft zu viel, vielleicht kann das Leben zu wenig.

6, 87

Wer in den Spiegel hineinschaut, darf sich nicht wundern, was da herausguckt.

6, 94

Wenn mans im Leben zu was bringen will, muß mans zu was gebracht haben –!

6, 98

Dürfen darf man alles – man muß es nur können.

6, 109

Das Schönste vom Sonntag ist der Sonnabend Abend.

6, 123

Jeder ist halb so wichtig, wie er glaubt (…).

6, 233

Ein vernünftiges Wort zur rechten Stunde hilft fast immer, und man kann sich weit mehr mit seinen Gegnern aussprechen, als man gemeinhin denkt. Man tuts nur nicht immer. Wenn Sie jemand verklagen wollen, dann überlegen Sie es sich, überschlafen Sie die Sache noch einmal, und schenken Sie für das Geld, das Verfahren, Anwalt und Urteil kosten, Ihrer Familie etwas Hübsches. Sie haben mehr davon.

6, 258

Man sieht bekanntlich an winzigen Dummheiten mehr als an großen politischen Programmen.

6, 86

Mit seinem Leben kann man überhaupt nicht vorsichtig genug umgehen, weil es eines Tages ein Vorleben werden kann, und dann erst wird man, vor den unerbittlichen Fischaugen des Gerichts, entdecken, was man da alles zusammengelebt hat.

6, 69

(...) das Idiotische ist ja doch stärker als alle Vernunft.

6, 315

Besser ein Anzug nach Maß als eine Gesinnung von der Stange.

6, 317

Vom lieben Gott aus gesehen, gibt es nur das lebende Individuum – und weiter nichts.

6, 325

Das erste dieser Zehn Gebote hätte zu heißen: »Tu, was du predigst.«

7, 94

Hab Erbarmen. Das Leben ist schwer genug.

7, 160

Man kann alles beweisen; dadurch, daß mans bewiesen hat, ist noch nichts bewiesen. Der Syllogismen sind viele; der Trugschlüsse viele; der falschen Voraussetzungen viele … laß sie reden, aber gehe nicht auf den Leim. Du bleibst unweigerlich hängen.

7, 249

(…) das Unglück ist eine eitle Frau und will hofiert sein. Beachtet man es nicht, dann stirbt es.

8, 11

(…) es gibt ein Mittel, ein einziges, im Schachspiel unbesiegt zu bleiben. Spiele nicht Schach.

8, 25

Kein Kind versteht die Erwachsenen; es fühlt sie nur manchmal.

8, 171

Gott erhalte uns die Freundschaft. Man möchte beinah glauben, man sei nicht allein.

8, 230

Da haben unsre Väter gesagt: »Hör auf mich – ich bin ein alter erfahrener Mann …« Nun, wir haben nicht gehört. Ob zum Schaden oder zum Nutzen, ist eine andre Sache – aber gehört haben wir nicht. Jeder will sich seinen Schnupfen allein holen.

8, 243

Zuhörenkönnen ist überhaupt die halbe Lebensweisheit.

8, 244

Lehren heißt: vom innern Reichtum abgeben; man muß am Ende stehen, wenn man andern den Anfang zeigen will.

8, 246

Gesund wird nur, wer will.

8, 251

Es gibt einen Organismus, Mensch geheißen, und auf den kommt es an. Und ob der glücklich ist, das ist die Frage. Daß der frei ist, das ist das Ziel. Gruppen sind etwas Sekundäres – der Staat ist etwas Sekundäres. Es kommt nicht darauf an, daß der Staat lebe – es kommt darauf an, daß der Mensch lebe.

8, 270

Ei ist Ei, sagte jener – und nahm das größte.

9, 44

(...) ein weiser Mann hat herausgefunden, es sei das Unglück der Esel, Esel zu heißen – denn nur deshalb würden sie so schlecht behandelt.

9, 65

Die Gleichgültigkeit so vieler Menschen beruht auf ihrem Mangel an Phantasie.

9, 74

Leben ist aussuchen. Und man suche sich das aus, was einem erreichbar und adäquat ist, und an allem andern gehe man vorüber.

9, 113

Man sollte mehr Vertrauen zu seinen Instinkten haben, wozu freilich gehört, daß man welche hat.

9, 165

Erfolg hat immer nur das Echte, auch Kitsch kann echt sein (...).

9, 165

Das Volk versteht das meiste falsch; aber es fühlt das meiste richtig.

9, 172

Aber im Leben? Im Leben verbirgt man seine Gefühle, so lange, bis die Leute glauben, man habe gar keine, denn das ist die gute Erziehung.

9, 229

Wer lobt, wird selten nach seiner Aktivlegitimation gefragt.

9, 290

Nähme man den Zeitungen den Fettdruck –: um wieviel stiller wäre es in der Welt –!

9, 309

Neben manchem andern sondern die Menschen auch Gesprochnes ab. Man muß das nicht gar so wichtig nehmen.

9, 324

Wenn ein Mann weiß, daß die Epoche seiner stärksten Potenz nicht die ausschlaggebendste der Weltgeschichte ist –: das ist schon sehr viel.

9, 324

Schade, daß es nicht im Himmel einen Schalter gibt, bei dem man sich erkundigen kann, wie es unten nun wirklich gewesen ist.

9, 324

Missionare müssen indianisch lernen – mit lateinisch bekehrt man keine Indianer.

9, 327

Es gibt keinen Erfolg ohne Frauen.

9, 328

Schriftsteller im Nebenberuf sind meist keine.

WB, 2.6.1931

Man sage in seherischem Tonfall dummes Zeug, und man wird eines gewissen Erfolges nicht entraten.

10, 20

Wenn alles das Mythos ist, was sich dem gesunden Menschenverstand entzieht –: nieder mit dem Mythos!

10, 39

Man fällt selten über seine Fehler. Man fällt meistens über seine Feinde.

10, 48

Du bekommst einen Brief, der dich maßlos erbittert? Beantworte ihn sofort. In der ersten Wut. Und das laß drei Tage liegen. Und dann schreib deine Antwort noch mal.

10, 81

Vom Stationsvorsteher aus gesehn sieht der tägliche Abschied der Reisenden an den Zügen recht stereotyp aus. Von der Krankenschwester aus gesehn hat der Tod ein andres Gesicht als vom Trauernden aus gesehn. Alles, was man regelmäßig und berufsmäßig tut, versteinert. Man sollte auch seine eignen Erlebnisse vom Stationsvorsteher aus sehen können.

10, 81

Die Seele jeder Ordnung ist ein großer Papierkorb.

10, 108

An einem Rausch ist das schönste der Augenblick, in dem er anfängt, und die Erinnerung an ihn.

10, 108

Jede Frau darf beten. Ein Mann, der betet, muß sehr dumm oder sehr weise sein.

10, 109

Und nichts hat so viel Erfolg wie der Erfolg. Und gegen Schwächlinge hat der Starke tausendmal recht.

Q, 71

Und eben das ist Ghetto: daß man das Ghetto akzeptiert.

Q, 72

*Ein Ideal, für das man nicht bezahlt, kriegt man nicht.*

Ein Ideal, für das ein Mann oder eine Frau nicht kämpfen wollen, stirbt – das ist ein Naturgesetz.

Q, 182f

Man siegt nicht mit negativen Ideen, die ja stets das Verneinte als Maß aller Dinge anerkennen – man siegt nur mit positiven Gedanken.

Q, 184

Vorsicht ist besser als kein Kaffee.

Q, 282

(...) Gottseidank denken wir nicht über alles gleich, das wäre ja fürchterlich.

Q, 317

Ich weiß, daß man ohne Kompromisse nicht leben kann. Ich weiß, daß es auch dummen Heroismus gibt, dämliches Heldentum, mit dem Kopf bumbumm immer an die Wand – das gibt es.

Q, 319

Man muß den Menschen *positiv* kommen. Dazu muß man sie – trotz alledem – lieben.

Q, 326

Um zu lernen, muß der Kopf offen sein. Der Bauch übrigens auch.

Q, 329

(...) eine endgültige Lösung gibt es nur in Gott.

Q, 341

Dies ist, glaube ich, die Fundamentalregel alles Seins: »Das Leben ist gar nicht so. Es ist ganz anders.«

4, 188

*Die Mäuse im Keller*

Aber so ist es oft im menschlichen Leben:

Die einen glauben von den andern, sie hätten Mäuse im Keller; doch wenn sie sich in ihren eigenen bemühen wollten: da quiekt es nicht schlecht. Aber wer wird denn in seinen eigenen Keller gehen –!

4, 508

Alle sind ja nicht so wie alle!

3, 118

Es gibt Menschen, die sind so rechthaberisch und haben eine solche Fähigkeit, sich alles, was ihnen begegnet, zu ihren Gunsten zurechtzubiegen, daß man versucht ist, sie zu fragen: »Lieber, ist Ihnen noch nie aufgefallen, daß Sie in Ihrem Leben niemals Unrecht hatten, niemals Unrecht –?« Und sie werden hitzig antworten: »Was fällt Ihnen ein! Ich habe überhaupt nur Unrecht –!« So dickköpfig sind manche Leute. Man kann sie leicht und sofort erkennen, denn sie gehören alle demselben Volksstamm an. Es sind die andern.

4, 187

Auf nichts ist der Mensch so stolz wie auf das, was er selbst gelernt hat – und wenn es auch blanker Unsinn war, er hats doch einmal begriffen, und da ist dann nichts mehr zu machen.

4, 247

## Warum?

Warum schneidet man sich meistens die Nägel, wenn man es sehr eilig hat?

Warum ärgert einen das Schnarchen eines andern, wenn man allein ist – und warum muß man lachen, wenn man es mit mehreren hört?

Warum ist das illustrierte Blatt im Wartezimmer eines Zahnarztes immer vom vorigen halben Jahr?

Warum hat die plötzlich eintretende Stille an einem Tisch, an dem gegessen wird, etwas Beängstigendes?

Warum ist einem die Person, die ins Abteil einbricht, zunächst – bis sie sich hingesetzt hat – unsympathisch?

Warum fühlt man sich leicht geschmeichelt, wenn einen ein Hund wiedererkennt?

Warum kann kein Mann mit Papier und Bleistift einem noch so interessanten Redner zuhören, ohne im Verlauf von fünf Minuten kleine Männerchen zu malen?

Warum schlägt es nachts immer halb, wenn man aufwacht?

6, 90 f

## Kleine Sachen, die unangenehm sind

Während des Essens von einem beobachtet zu werden, der nicht ißt.

In einen Salon einzutreten, wenn grade alles still ist.

Auf einer sehr feinen Gesellschaft den Blick der Nachbarin auf sich zu fühlen, die beim Dessert grade sieht, wie man nicht weiß, welches das Käsemesser und welches das Obstmesser ist.

Sich von einem hochvornehmen Diener in einen Mantel helfen zu lassen, dessen Ärmel schon ein bißchen abgeschabt sind.

Was einem so schmeichelt

An der Spitze einer alphabetischen Liste zu stehen.

In einem billigen Hotel vom Portier, nach einem kurzen Blick, das teuerste Zimmer angewiesen zu bekommen.

Neben einem Haus zu wohnen, in dem ein Mord begangen worden ist.

Auswendig eine Adresse zu sagen, derentwegen sich alle den Kopf zerbrechen.

Auf einem internationalen Bankett einen Redner zu dir gewendet sprechen zu sehen, von dem du kein Wort verstehst, und der dich gewissermaßen als Zeugen seiner Ausführungen nimmt.

Ein schlechter Schüler gewesen zu sein.

6, 92

Denn wie sprechen Menschen mit Menschen –?

Aneinander vorbei.

6, 316

(…) auch du, Onkel Fachmann, bist – was du auch sagen magst – nur das, was du leider nur zu Hause im Pyjama, im Schlafrock und in der Badewanne zu sein wagst: ein Mensch.

6, 325

Wenn wir einmal nicht grausam sind, dann glauben wir gleich, wir seien gut.

7, 197

Wir lächeln über die kleine Eitelkeit der Kranken, die im Wartezimmer einander zutuscheln: »Der Doktor hat gesagt, so einen Plattfuß wie meinen Plattfuß hat er überhaupt noch nie gesehen –«, denn der Mensch ist ein stolzes Wesen. (...) Sie möchten so gern Individuen sein. Zur Masse gehört immer einer mehr, als jeder glaubt.

7, 202

In ihnen ist nichts,
daher wollen sie außer sich sein (...).

7, 227

Der Mensch ist nicht so böse, wie man manchmal denken sollte. Aber er wird nie so gut werden wie Idealisten sich das denken.

8, 116

(...) da oben steht ein einziger und sagt »Wir«, und unten sitzen so viele und jeder sagt »Ich«.

8, 118

Wers mög, der mögs, und wers nicht mög, der mags ja wohl nicht mögen. Denn so wie es Gebirgsmenschen und Seemenschen gibt, so gibt es Hundemenschen und Katzenmenschen.

8, 122

Wenn man einen Menschen richtig beurteilen will, so frage man sich immer: »Möchtest du den zum Vorgesetzten haben –?«

8, 147

Erfahrungen vererben sich nicht – jeder muß sie allein machen. Jeder muß wieder von vorn anfangen … Nun fängt ja keiner ganz von vorn an, weil in jedem Menschen vielerlei Erfahrungen aufgestapelt sind: zwei Großväter, vier Urgroßväter, achtzehn alte Onkel, dreiundzwanzig Tanten, Ur-Ur-Ur-Ur-Ahnen … das trägst du alles mit dir herum. Und manchmal, wenn du grade einen Entschluß faßt, dann entscheidet in Wahrheit dein im Jahre 1710 gestorbener Ur-Ur-Ur-Ur … Adolf Friedrich Wilhelm Panter, geb. 1675 in Bückeburg – der entscheidet, was du tust. Du gehst nachher herum und sagst: »Ich habe mich entschlossen …«

8, 242 f

Der durchschnittliche städtische Mitteleuropäer befindet sich fast immer im Vorstadium der Neurose.

8, 249

Jeder Mensch schafft sich im Geiste eine Welt, in der er seinen Fähigkeiten nach im Mittelpunkt steht.

8, 275

Der Mensch hat einen Hang zum Idealen. Er will nicht immer bloß Bohnensuppe essen und nachher befriedigt, sagen wir, ausatmen (...).

8, 281

Wenn du aufwärts gehst und dich hochaufatmend umsiehst, was du doch für ein Kerl bist, der solche Höhen erklimmen kann, du, ganz allein –: dann entdeckst du immer Spuren im Schnee. Es ist schon einer vor dir dagewesen.

Glaube an Gott. Verzweifle an ihm. Verwirf alle Philosophie. Laß dir vom Arzt einen Magenkrebs ansagen und wisse: es sind nur noch vier Jahre, und dann ist es aus. Glaub an eine Frau. Verzweifle an ihr. Führe ein Leben mit zwei Frauen. Stürze dich in die Welt. Zieh dich von ihr zurück ...

Und alle diese Lebensgefühle hat schon einer vor dir gehabt; so hat schon einer geglaubt, gezweifelt, gelacht, geweint und sich nachdenklich in der Nase gebohrt, genau so. Es ist immer schon einer dagewesen.

Das ändert nichts, ich weiß. Du erlebst es ja zum ersten Mal. Für dich ist es Neuschnee, der da liegt.

9, 174

Der Mensch hat zwei Beine und zwei Überzeugungen: eine, wenns ihm gut geht, und eine, wenns ihm schlecht geht. Die letztere heißt Religion (...)

Der Mensch ist ein nützliches Lebewesen, weil er dazu dient, durch den Soldatentod Petroleumaktien in die Höhe zu treiben, durch den Bergmannstod den Profit der Grubenherren zu erhöhen, sowie auch Kultur, Kunst und Wissenschaft.

Der Mensch hat neben dem Trieb der Fortpflanzung und dem, zu essen und zu trinken, zwei Leidenschaften: Krach zu machen und nicht zuzuhören. Man könnte den Menschen gradezu als ein Wesen definieren, das nie zuhört. Wenn er weise ist, tut er damit recht: denn Gescheites bekommt er nur selten zu hören. Sehr gern hören Menschen: Versprechungen, Schmeicheleien, Anerkennungen und Komplimente. Bei Schmeicheleien empfiehlt es sich, immer drei Nummern gröber zu verfahren als man es grade noch für möglich hält.

Der Mensch gönnt seiner Gattung nichts, daher hat er die Gesetze erfunden. Er darf nicht, also sollen die andern auch nicht. (...)

Jeder Mensch ist sich selber unterlegen. (...)

Der Mensch möchte nicht gern sterben, weil er nicht weiß, was dann kommt. Bildet er sich ein, es zu wissen, dann möchte er es auch nicht gern; weil er das Alte noch ein wenig mitmachen will. Ein wenig heißt hier: ewig.

Im übrigen ist der Mensch ein Lebewesen, das klopft, schlechte Musik macht und seinen Hund bellen läßt. Manchmal gibt er auch Ruhe, aber dann ist er tot.

9, 230 f

Da ist diese Geschichte von den beiden Musikern, die wohnten in einer gemeinsamen Wohnung. Und der eine spielte noch spät abends vor dem Schlafengehen Klavier, und er spielte eine ganze große Melodie, mit allen Variationen, und zum Schluß noch einmal das Grundthema, aber das spielte er nur knapp bis zum Schluß, da hörte er auf, und den Schlußakkord, den spielte er nicht mehr. Sondern ging zu Bett.

Nachts um vier aber erhob sich der andere Musiker, schlich leise zum Klavier und schlug den fehlenden Grundakkord an. Und dann ging er beruhigt und erlöst schlafen.

Der Mensch will alles zu Ende machen. Wird er von einer kleinen Arbeit abgerufen, die grade vor ihrem Ende steht, so kann man hundert gegen eins wetten, daß jeder von uns sagt: »Einen Augenblick mal – ich will das bloß noch …«, die Arbeit ist vielleicht gar nicht wichtig, aber man kann sie doch so nicht liegenlassen, denn dann schreit sie. Und immer ist diese kleine Zwangsvorstellung stärker als alle Vernunft.

9, 267

Wenn einer einen Tintenklex auf dem Kinn hat und damit ernste Sachen redet, dann färbt die Tinte auf das Ernste ab, und alle seine Argumente werden lächerlich. So kindisch sind wir Menschen.

9, 290

Du mußt über einen Menschen nichts Böses sagen. Du kannst es ihm antun – das nimmt er nicht so übel. Aber sage es ihm nicht. Er ist in erster Linie eitel, und dann erst schmerzempfindlich.

10, 20

Wenn wir einen Menschen, der sich unbeobachtet glaubt, langsam und mühselig-genußvoll in der Nase bohren sehn, so versetzt uns dieser Anblick in eine kribblige, eigentümliche Wut. Man möchte ihm auf die Finger hauen, diesem unerzogenen Rüpel … nun hör doch schon endlich auf … na, Gottseidank!

Selber popeln macht fett.

10, 20

Es gibt Leute, die wollen lieber einen Stehplatz in der ersten Klasse als einen Sitzplatz in der dritten. Es sind keine sympathischen Leute.

10, 48

Hauptpersonen gibt es im Leben des einzelnen nur eine: das ist er selbst.

10, 62

Ältere Leute pflegen gern die Zeit ihrer männlichen Kraft mit dem Zeitalter der Vollkommenheit zu identifizieren (»Zu meiner Zeit …!«), und sie machen dann jener Epoche, in der sie die Magenbeschwerden bekommen, ein saures Gesicht. Aber sie glauben immer, es liege an der Epoche und nicht an ihrem Magen.

10, 63

Denn wo käme man hin, wenn man in sich ginge!

5, 140

# *Guter alter »Tucho«*

Eine Regierung ist nicht der Ausdruck dessen, was ein Volk will, sondern der Ausdruck dessen, was es erträgt.
Q, 112

Ich habe blonde Haare, du schwarze – soll jeder von uns einen Verein gründen?
1, 137

Beziehungen zur Industrie
sind sehr beliebt, drum hat man sie.
1, 316

Es braucht einer nur hinter einem Schalter zu sitzen, um ein durchaus höheres Wesen darzustellen.
1, 338

Wenn einer bei uns einen guten politischen Witz macht, dann sitzt halb Deutschland auf dem Sofa und nimmt übel.
2, 42

Wir haben in Deutschland keine Revolution gehabt – aber wir haben eine Gegenrevolution.
2, 87

Es gibt ein altes Wort: »Wenn der Deutsche hinfällt, steht er nicht auf, sondern sieht sich um, wer ihm schadensersatzpflichtig ist.«

Oh stünde er doch bald auf! –

2, 122

Nächstens wird man bei einer Aktiengesellschaft etwas einzahlen, und dafür wird man dann gelebt.

2, 159 f

Vorschriften gelten nie für *die*, die sie gemacht haben.

2, 155

Man kann nämlich – aber nicht drüber sprechen – auch mit guten Dingen ein gutes Geschäft machen.

2, 199

Und wenn die Deutschen den Nordpol erreicht hätten, sie hätten auf die Spitze der Erdachse eine Tafel befestigt: »Das Betreten des Pols ist nur nach eingeholter Genehmigung durch die Etappen-Kommandantur Nord II gestattet. (...)«

2, 240

Wenn bei uns die Ideen populär werden, dann bleibt die Popularität, die Idee geht gewöhnlich zum Teufel.

2, 359

Der eine hat den Kopf – der andre hat den Knüppel.

3, 225

Wenn der Deutsche mal irgendwo hingehen muß, braucht er einen Ausweis. Es gibt in diesem Lande wahrscheinlich überhaupt kein Haus und keinen Raum, für die man nicht einen Ausweis brauchte.

2, 367

Wem die Hände gefesselt sind, dem schlägt sich die Wut ins Gehirn.

2, 378

Wenn in Deutschland einer etwas versiebt hat, dann kneift er hinterher, schreibt aber seine Memoiren, womit er seine gänzliche Unschuld an dem Malheur dartut, die Gegner beschimpfen und fünfzehn Prozent des Ladenpreises einstecken kann.

2, 395

Organisieren ist, wenn einer aufschreibt, was andere arbeiten.

2, 403

Der Spiegel kann nichts dafür, wenn er der Jungfrau anzeigt, daß sie schwanger ist.

2, 432

Das Tempo ist auch ganz deutlich in der Art, sich zu vergnügen, zu erkennen. Amüsement ist hier eine Arbeit.

2, 438

Reiche Leute sind ja als Erscheinung nur erträglich, wenn der Geist das Geld – olet! olet! – ein wenig verwischt hat.

2, 438

Niemand ist ein solcher Sadist wie der verdauende Bürger (…).

3, 53

Wenn man den ganzen Tag über nichts als Dienstvorschriften liest, verdummt man.

3, 81

Es scheint wirklich so, als ob die meisten Menschen hierzulande einen Hund nur deshalb besäßen, um noch einen »unter sich zu haben«.

3, 191

Der deutsche Krach unterscheidet sich von allen andern Krachs der Welt dadurch, daß er sich niemals mit dem Einzelfall begnügt. Es wird immer gleich alles Prinzipielle miterledigt.

3, 218

Herr Triebecke hat sich eine bunte Mütze aufgesetzt, und Herr Triebecke ist völlig verschwunden: vorhanden ist nur noch einer, der »seinen Dienst macht«.

3, 396

Die Familie (familia domestica communis, die gemeine Hausfamilie) kommt in Mitteleuropa wild vor und verharrt gewöhnlich in diesem Zustande. Sie besteht aus einer Ansammlung vieler Menschen verschiedenen Geschlechts, die ihre Hauptaufgabe darin erblicken, ihre Nasen in deine Angelegenheiten zu stecken.

3, 307

Ja, sie gehen ins Geschäft. »Was für ein Geschäft treibt ihr?« – »Wir treiben keins, Herr. Es treibt uns.«

3, 338

Der Chef vergißt das meiste, was man ihm sagt, und macht die Sekretärin dafür verantwortlich.

3, 494

Der liebe Gott ist ein älterer Mann mit Rauschebart, in dem die Motten sitzen. Er steht morgens sehr früh auf, wie alte Leute zu tun pflegen, die nicht mehr recht schlafen können, wäscht sich schlecht und recht und regiert dann ein paar Stündlein. Nach Tisch druselt er ein bißchen vor sich hin, was ihm auch leider während der Arbeit hier und da unterläuft – um fünf Uhr schließt er unweigerlich. Abendgebete haben also keine Aussicht auf Erhörung. Um die Zeit gräbt der Alte seinen kleinen Garten um und ordnet seine Briefmarken.

Es muß einmal gesagt werden: Wir sind alle nicht mehr recht zufrieden mit dem alten Herrn. Was macht der Mann eigentlich den ganzen Tag –?

Er arbeitet in den Akten und telefoniert, das ist wahr – aber er ist vergeßlich wie der Kaiser Franz Joseph, mit dem er überhaupt eine fatale Aehnlichkeit hat. Er ist voll der kitschigsten Einfälle: er läßt eine Kuhmagd in Jarwischken eine Dollarerbschaft machen, verschollene Söhne kehren nach Jahren wieder und verloren geglaubte Briefe auch – aber Alles zur Unzeit, Alles zur Unzeit.

WB, 5.6.1924

Es genügt, irgendeinem Krümel das Epitethon »deutsch« anzuhängen, und Kaffeemaschine, Universitätsprofessor und Abführmittel haben ihr Lob weg.

WB, 24.7.1924

Einem Pazifisten zu erzählen, er sei kein begeisterter Soldat gewesen, ist ungefähr so, wie einem Vegetarier vorzuwerfen, daß er auf einem Schlachtfest gekniffen habe.

4, 388

Ich kenne viele deutsche Sozialdemokraten, die geradezu Krämpfe bekommen, wenn von den Leuten, die links von ihnen stehen, die Rede ist.

4, 410

Die Kultur fängt da an, wo Bankdirektors aufhören (...).

4, 423

Vertraue nur auf Gottes Mühlen. Er wird dir was mahlen.

WB, 3.11.1925

Streicht eure lächerlichen Grenzpfähle doch nicht so feierlich an! Setzt drauf: Müllers Fettvaseline ist die beste! Das käme der Wahrheit schon wesentlich näher.

5, 40

Nur der Unbegabte stiehlt, der Kluge macht Geldgeschäfte.

5, 76

(...) wohin kämen wir, wenn der »Oberaufseher« dem »Unteraufseher« nicht beibrächte, daß es in Deutschland eine soziale Stufenleiter gibt?

5, 208

Man soll diese Beamten stets mit der Nase in ihren eignen Unrat stoßen – sie werden zwar nicht stubenreiner davon, aber tut mans nicht, werden sie übermütig.

5, 254

Der »deutsche Mensch«, der da, den ich meine: er hat keinen Humor. Hätte er ihn, er wäre so nicht.

5, 297

Ich denke mir die Hölle so, daß ich unter der Aufsicht eines preußischen Landgerichtsdirektors, der nachts von einem Reichswehrhauptmann abgelöst wird, in einem Kessel koche – vor dem sitzt einer und liest mir alte Leitartikel vor. Neben dieser Vorrichtung aber steht ein Hundezwinger, darin stehen, liegen, jaulen, brüllen, bellen und heulen zweiundvierzig Hunde. Ab und zu kommt Besuch aus dem Himmel und sieht mitleidig nach, ob ich noch da bin – das stärkt des frommen Besuchers Verdauung. Und die Hunde bellen …!

5, 334

Die Sprache dient nur in seltenen Fällen dazu, die Gedanken zu verbergen – denn dies setzte voraus, daß jeder Sprechende auch Gedanken hat. Dem ist mitnichten so. Die Sprache hat vielmehr die Aufgabe, die Leere auszufüllen, Leben anzuzeigen; sie ist häufig um ihrer selbst willen da. Der Kern der Rede ist – in allen Sprachen – von Gequatsch umgeben.

6, 142

Für die Anhängerschaft ist offenbar nichts zu billig. Sie wird zensiert, angeschnauzt, geschurigelt und kommandiert – wahrscheinlich tut das den Leuten wohl. Der alte Trick, die eigne Kleinheit durch die Größe des Vorzimmers zu verdecken, wird auch hier angewandt.

6, 152

Wenn sie so klug wären, wie sie sich schlau vorkommen, wären sie immer noch dumm genug.

6, 179

Daß das Essen in den meisten Restaurants so schmeckt, als sei es abgestanden, liegt daran, daß es abgestanden ist.

6, 232

Wir Deutschen sind von rechts her Langeweile gewöhnt (…).
6, 307

Die Minister vermehren sich wie die Sandflöhe – wo gestern noch keiner gewesen ist, da steht heute ein ganzes Ministerium: mit Ministerialräten, Regierungsräten, Obersekretären und Portiers, und wenn einer glaubt, daß dort keine produktive Arbeit geleistet werde, so darf er die Reinmachefrauen nicht vergessen.
WB, 25. 12. 1928

Sprache ist eine Waffe. Haltet sie scharf. Wer schludert, der sei verlacht, für und für. Wer aus Zeitungswörtern und Versammlungssätzen seines dahinlabert, der sei ausgewischt, immerdar.
7, 189

(…) und was wäre der Mensch ohne Telefon! Ein armes Luder. Was aber ist er mit dem Telefon? Ein armes Luder.
8, 19

(…) die Seele des Vereins ist der Knatsch.
8, 30

Eitel oder nicht eitel – jeder hat seinen Sparren. Aber wenn einer so töricht ist, daß er seine Eitelkeit auch noch plakatiert, dann können Sie darauf schwören: das ist ein Musiker.
8, 62

Wir in Berlin ... wir sind doch das Allerfeinste, wo man hat.

8, 73

Um eines der besten Worte zu variieren, das ursprünglich auf die Philosophie gesagt worden ist: »Soziologie ist der Mißbrauch einer zu diesem Zweck erfundenen Terminologie.«

8, 78

(...) wenn einer in Deutschland »phänomenologisches Problem« schreibt, dann hat er es ganz gern, wenn das nicht alle verstehn.

8, 108

Zu dir kommt kein Geld – zu dir nicht.

Erstens kommt Geld überhaupt nur dahin, wo schon etwas ist, Geld kommt zu Geld; (...)

Zweitens kommt zu dir kein Geld, weil du es nicht zündend genug liebst. Na ja, du möchtest es gern haben ... aber damit ist es nicht getan. Gern haben? Du sollst nicht nur begehren deines Nächsten Bankkonto – du mußt Geld inbrünstig lieben, dich darauf herumsielen, es in die Körperhöhlungen klemmen, na, lassen wir das. Vor allem aber kommt es nicht zu dir, weil es sieht, wie du es ausgibst. Du gibst es falsch aus.

Nicht verschwenderisch ... das ist wieder eine andre Sache. Nein, du gibst es aus, so –: »Bitte, was bin ich Ihnen schuldig? Hier ...« Ganz falsch.

Solange du nicht weißt, was Geldauszahlen bedeutet, solange wirst du kein Geld haben. Zahlen ist himmlische Gnade, Barmherzigkeit, Manna, Segen und unendliche Herablassung. Die wird nicht so leicht ausgeteilt, mein Lieber.

Zu dir kommt das Geld nicht, weil du immer noch nicht gelernt hast: Wenn man von dir Geld haben will, so mußt du zunächst einmal das sagen, was jeder normale Mensch sagt, wenn man etwas von ihm haben will: Nein. Der, der von dir Geld haben will, sei dein Gegner, der Gottseibeiuns, dein Todfeind. So mußt du ihn behandeln.

8, 135

Die Deutschen haben zwar nicht das Pulver erfunden, wohl aber die Philosophie des Pulvers.

8, 147

Das deutsche Schicksal: vor einem Schalter zu stehn.

Das deutsche Ideal: hinter einem Schalter zu sitzen.

8, 148

Erst kommen sie gar nicht. Dann kommen sie. Dann gehen sie gleich wieder weg: sie haben nämlich ein Handwerkszeug vergessen. Kein Wunder; wenn man ihren Handwerkskasten sieht, so liegen da in schwärzlichem Durcheinander alte Hämmer, Zangen, abgebrochene Stiele, krumm geschlagene Nägel, eine Feile und etwas schmutziger Bindfaden.

Dann kommen sie wieder. Dann gehen sie frühstücken. Dann kommen sie und sagen: »Ja, das funkt nicht ...« Und dann gehen sie wieder weg. Und dann kommen sie wieder und arbeiten furchtbar, drecken die ganze Wohnung ein, hämmern und klopfen ... dann gehen sie wieder weg. Dann probierst du, was sie gemacht haben. Das funktioniert nicht. Und dann fängt alles wieder von vorne an.

8, 167f

(...) und wenn ein verkaufender Kaufmann höflich ist auf dieser Welt, so heißt das immer, daß das Angebot die Nachfrage übersteigt.

8, 198

Es gibt nur fünfzehn Medikamente, seit Hippokrates selig, und doch ist es einer weitentwickelten Industrie von Chemieunternehmen und den Fabriken zur serienweisen Herstellung von Ärzten gelungen, aus diesen zehn Medikamenten vierundvierzigtausendvierhundertundvierundvierzig gemacht zu haben; manche werden unmodern, die werfen wir dann fort.

8, 220

Das Ideal eines höhern Angestellten ist, so viel zu verwalten und so wenig zu tun zu haben, daß er schon beinah einem Beamten gleicht.

8, 235

Der Angestellte lebt von seinem kärglichen Gehalt sowie von der durch nichts zu erschütternden Überzeugung, daß es ohne ihn im Betriebe nicht gehe.

8, 236

Nur wer darf, der darf bei uns dürfen –
die andern dürfen nicht.

8, 237

Am liebsten hätten wir den Kosmos so, daß an jedem Ding dransteht, was es ist, damit man es weiß. Wir freuen uns immer furchtbar, wenn wir sehn, wie an einem Spucknapf ein Schild hängt: SPUCKNAPF, damit niemand glaube, es sei ein Alligator.

8, 244

(...) es gibt glattrasierte Leute mit Vollbärten.

8, 225

Ihr wißt ja, wie ein Fachmann ist –: hat er eine Sache zwanzig Jahre falsch gemacht, dann wird sie ein heiliges Ritual, und wir andern haben da nichts dreinzureden. Pfirsich-Melba wird in hohen Schalen serviert, basta. Wems nicht paßt, der bestelle sich Harzer Käse. Den ißt man parterre. Pfirsich-Melba aber erste Etage.

8, 245

Wenn zwei Ärzte derselben Meinung sind, dann ist einer davon überhaupt kein Arzt.

8, 255

Wegen ungünstiger Witterung fand die deutsche Revolution in der Musik statt.

8, 346

Manche Kritiker haben zu Hause so schreckliche Frauen. Und deshalb haben manche Schauspielerinnen so hohe Gagen.

8, 345

Manchmal haben wir in Deutschland eine sogenannte »politische Krise«. Wenn sie vor Weihnachten ausbricht, wird sie bis nach Weihnachten vertagt. Kein Mensch merkt in der Zwischenzeit, daß es eine Krise gibt. Man denke sich einen Fieberkranken, der zu seinem Arzt sagt: »Wissen Sie was, Doktor, morgen habe ich Geburtstag. Vertagen wir die Krise bis zur nächsten Woche!«

8, 345

Man soll nie jemand nach dem fragen, was man wissen will, das ist eine alte Weisheit. Dann sagt ers nicht.

9, 39

Wenn einer nichts zu tun hat, dann holt er die andern, und dann machen sie eine Konferenz.

9, 63

Deutschland ist eine anatomische Merkwürdigkeit. Es schreibt mit der Linken und tut mit der Rechten.

9, 124

Der Reichtum ist der Lohn des Bösewichts.

9, 128

Der Zustand der gesamten menschlichen Moral läßt sich in zwei Sätzen zusammenfassen: We ought to. But we don't.

9, 181

Versuche, einen Roman zu schreiben. Du vermagst es nicht? Dann versuch es mit einem Theaterstück. Du kannst es nicht? Dann mach eine Aufstellung der Börsebaissen in New York. Versuch, versuch alles. Und wenn es gar nichts geworden ist, dann sag, es sei ein Essay.

9, 195

Warum übrigens fast alle schreibenden Frauen den zusammengesetzten, substantivierten Infinitiv anwenden! Dieses Musikalisch-schreibenwollen, aber Nicht-hinten-hochkönnen – das ist wirklich keine Freude.

9, 198

Wenn auch das Ausland nicht hinsieht: wir werden es ihm schon zeigen!

9, 252

Nationalökonomie ist, wenn die Leute sich wundern, warum sie kein Geld haben. Das hat mehrere Gründe, die feinsten sind die wissenschaftlichen Gründe, doch können solche durch eine Notverordnung aufgehoben werden.

Über die ältere Nationalökonomie kann man ja nur

lachen und dürfen wir selbe daher mit Stillschweigen übergehn. Sie regierte von 715 vor Christo bis zum Jahre 1 nach Marx. Seitdem ist die Frage völlig gelöst: die Leute haben zwar immer noch kein Geld, wissen aber wenigstens, warum.

Die Grundlage aller Nationalökonomie ist das sog. »Geld«.

Geld ist weder ein Zahlungsmittel noch ein Tauschmittel, auch ist es keine Fiktion, vor allem aber ist es kein Geld. Für Geld kann man Waren kaufen, weil es Geld ist, und es ist Geld, weil man dafür Waren kaufen kann. Doch ist diese Theorie inzwischen fallen gelassen worden. Woher das Geld kommt, ist unbekannt. Es ist eben da bzw. nicht da – meist nicht da.

9, 287

Daß der Arbeiter für seine Arbeit auch einen Lohn haben muß, ist eine Theorie, die heute allgemein fallen gelassen worden ist.

9, 287 f

Jede Wirtschaft beruht auf dem Kreditsystem, das heißt auf der irrtümlichen Annahme, der andre werde gepumptes Geld zurückzahlen.

9, 288

Wenn die Unternehmer alles Geld im Ausland untergebracht haben, nennt man dieses den Ernst der Lage.

9, 288

Diejenigen Ausreden, in denen gesagt ist, warum die A.-G. keine Steuern bezahlen kann, werden in einer sogenannten »Bilanz« zusammengestellt.

9, 288

Zusammenfassend kann gesagt werden: die Nationalökonomie ist die Metaphysik des Pokerspielers.

9, 289

Wenn die Maschinen, die die Menschen so im Lauf der Zeit erfunden haben, nun auch noch funktionierten: was wäre das für ein angenehmes Leben –!

9, 289

Wenn einer nichts gelernt hat –: dann organisiert er.

Wenn einer aber gar nichts gelernt und nichts zu tun hat –: dann macht er Propaganda.

9, 290

Golf, sagte einmal jemand, ist ein verdorbener Spaziergang.

9, 308

Ist es ein Zufall, daß die Vertreter der wildesten Gewaltlehren, Nietzsche, Barrès, Sorel, keine zwanzig Kniebeugen machen konnten? Es dürfte kein Zufall sein.

9, 324

Er wußte um die Geheimnisse des Seins …« solche Wendungen sollte man auf Gummistempel schneiden und dann verbrennen.

9, 324

(…) ich höre immer: Korruption. In Deutschland wird nicht bestochen. In Deutschland wird beeinflußt.

10, 18

Zur Rassenfrage. Die Blonden sind ganz umgängliche Menschen. Aber die Dunkeln, die gern blond sein möchten …!

10, 48

Es gibt in der Kunst ein unumstößliches Gesetz. Was einer recht auffällig ins Schaufenster legt, das führt er gar nicht.

10, 49

Das Christentum ist eine gewaltige Macht. Daß zum Beispiel protestantische Missionare aus Asien unbekehrt wieder nach Hause kommen –: das ist eine große Leistung.

10, 60

Die Amerikaner kommen bestimmt alle in die Hölle, besonders die frommen (…).

10, 60

Ein skeptischer Katholik ist mir lieber als ein gläubiger Atheist.

10, 61

(…) den Leuten ist nicht wohl, wenn sie einfach sagen sollten: »Er mag keine Gurken.« Das freut ja keinen. »Er hat einen Gurkenkomplex« – so heißt das.

10, 75

Die Kerle glauben, sie hätten eine Leistung vollbracht, wenn sie irgend eine Selbstverständlichkeit oder einen kleinen Gedanken mit dem Zusatz »religionspsychologisch« versehen; wenn sie »verkehrstechnisch« sagen oder wenn sie eine Überschrift »Zur soziologischen Situation des …« formen. Es ist ganz und gar sinnlos, was da geschieht.

Jeder kann sich den Spaß machen, diese aufgequollenen Sätze links von einem Strich zu setzen und rechts die Übersetzung ins Deutsche hinzuzufügen; er wird eine verblüffende Entdeckung machen. Nämlich die: die eine Hälfte dieses Geschwafels bedeutet überhaupt nichts, und die andre läßt sich sehr einfach ausdrücken. Dann bleibt allerdings nicht viel.

10, 105

Im *Temps* hat sich einer an seinem Schreibtisch ausgerechnet, es gebe nur zwei Möglichkeiten. (Schon dumm – es gibt immer siebenundneunzig.)

Q, 105

Es ist auffällig, wenn einer unter lautem Gebrüll plakatiert, daß zweimal zwei vier ist.

Q, 143

Was darf die Satire? Alles.

2, 44

Der echte Satiriker, dieser Mann, der keinen Spaß versteht, fühlt sich am wohlsten, wenn ihm ein Zensor nahm, zu sagen, was er leidet. Dann sagt ers doch, und wie er es sagt, ohne es zu sagen – das macht schon einen Hauptteil des Vergnügens aus, der von ihm ausstrahlt.

2, 171

Und wenn einer mit Engelszungen predigte und hätte des Hasses nicht –: er wäre kein Satiriker.

2, 171

Den [Witz] hat keine Klasse gepachtet. Aber die kann ihn am wenigsten haben, die auf die Erhaltung des Bestehenden aus ist, die die Autorität und den Respekt mit hehrem Räuspern und hochgezogenen Augenbrauen zu schützen bestrebt ist. Der politische Witz ist ein respektloser Lausejunge.

2, 172

Jedes Ding hat zwei Seiten – der Satiriker sieht nur eine und will nur eine sehen. Er beschützt die Edlen mit Keulenschlägen und mit dem Pfeil, dem Bogen. Er ist der Landsknecht des Geistes.

2, 172

Man kann den Hintern schminken, wie man will, (...) es wird kein ordentliches Gesicht daraus.

9, 59

*Gib ihm Saures*

Sie nehmen alles hin, wenn man sie nur verdienen läßt.

2, 53

Wirf den Bankier, wie du willst: er fällt immer auf dein Geld.

10, 104

Politik kann man in diesem Lande definieren als die Durchsetzung wirtschaftlicher Zwecke mit Hilfe der Gesetzgebung.

2, 54

Der Student von heute ist ein geistiger Kommis, der nicht studiert, sondern zum Examen paukt. Ein paar Idealisten sind darunter, die an der Universität denken lernen wollen, die sich voll Freude mit abstrakten Dingen beschäftigen – der größte Teil schiebt sich gelangweilt und langweilig durch die Semester, paukt und bezahlt seine vorgeschriebenen Kollegs und macht dann das Examen, das die Tür zum Brotstudium öffnet. Stellenanwärter.

2, 89

Die Deutschen sind noch lange nicht dazu erzogen, miteinander zu arbeiten. Sie können nur wirken, wenn man sie einen über den andern stellt.

2, 120

Tief verwurzelt im Deutschen der Drang in Reih und Glied zu stehen, oder vielmehr die andern in Reih und Glied stehen zu lassen. Dieses Volk liebt es, Vorschriften zu ersinnen, die immer für die andern gelten.

2, 374

Dieses Land hat Herren und Kerls. Männer hat es nicht.

2, 406

Deutschland hat einen Überfluß von sogenannten gebildeten Menschen, bei denen es zu einer wirklichen nutzbringenden Arbeit nicht langt und die deshalb darauf angewiesen sind, etwas zu tun, was so aussieht, wie wirkliche Arbeit: zu organisieren.

2, 420

Es ist ein Volk des ewigen Gestern, dieses deutsche. Gestern, gestern, nur nicht heute …

3, 189

Sämtliche Polizeibeamte der mitteleuropäischen Länder haben zuvor ein Examen in Unhöflichkeit abgelegt.

3, 451

Wenn man nur ein Maschinengewehr besitzt: das Schußfeld wird sich schon finden.

3, 477

Das ist eine Menschengattung, die in Deutschland wild vorkommt: der Tatsachen-Idiot.

Der Tatsachen-Idiot ist ein Mensch, dems immer nur auf das Wie ankommt, nicht auf das Warum. Selbiger hat sein ganzes Leben lang furchtbar zu tun, um bei allen Manipulationen, technischen Vorrichtungen, Organisationen und Einrichtungen aller Art zu wissen, »wie es gemacht wird«. Das wäre ja an sich ganz löblich; aber der Tatsachen-Idiot fängt das Ding immer von hinten an: bei den Fachausdrücken der letzten Jahre, ohne vom Grundprinzip der Dinge eine bescheidene Ahnung zu haben. Du hörst den T.-I. auf allen Eisenbahnfahrten, an allen Stammtischen, in allen Zigarrenläden begeistert streiten. Denn der T.-I. weiß nicht nur alles: er weiß es auch besser. Der T.-I. ist immer rechthaberisch. Er beweist alles. Wenn er ohne Kopf hinter einer entgleisten Lokomotive liegt, beweist der stattliche Rest des T.-I, daß die Lokomotive gar nicht entgleisen konnte. »Sie wern mir doch nicht erzählen …«

WB, 25. 8. 1921

Ganz besonders habe ich ja Amerikanerinnen gefressen. Junge, diese alten, ledergegerbten Gestelle, grell angezogen, geputzt, aufgedonnert … Ich weiß, daß diese Exportware minderwertig ist – aber, weißt du, da lachen sie so viel über unsre deutschen Jägerhemdreisenden: diese da sind ja mindestens ebenso schlimm. Nein, sie sind noch viel grauenvoller. Unsre Leute sind doch noch manchmal – manchmal! – naiv. So eine kleine sächsische Lehrerin mag sich ja manchmal recht komisch ausnehmen, und sehr angenehm wird die Lodenherde auf dem Kapitol ja auch nicht grade sein … Aber diese hier! Dieses kalte Fischauge, diese bleierne Öde, diese freche Prätension: hier sitzen wir, und so sind wir, und wer nicht so ist, der zählt überhaupt nicht mit. Und die Welt sieht in diesen kalten grauen Augen so einfach aus – was uns nicht paßt, darüber sprechen wir nicht, und also gibts das auch nicht.

Wenn ich diese alten Schachteln so sehe, dann erscheint mir dahinter immer der Mann, der für sie gearbeitet hat und noch arbeitet. Also dafür –? Damit so eine in der Welt herumrollen kann, mit ewig gleichbleibender Miene und ewig gleichbleibendem Geplapper Kapitol, Bretagne und Nordkap betrachten kann, auf den Rennen umherstehen, in den Logen hocken und hier in der Teestube diese süßen Sachen zur vorgeschriebenen Stunde, mit dem vorgeschriebenen Gespräch herunterschlucken kann? Dafür –?

WB, 3.7.1924

(…) Großverdiener – scheußliches Wort für ebensolchen Begriff (…).

WB, 24.8.1922

Ein Straßenhändler stiehlt seinem Freunde eine Summe von 42 Mark. »Als strafverschärfend kommt hinzu, daß der Angeklagte einen Mann bestohlen hat, der selber nicht in günstigen Vermögensumständen lebt und sich sein Brot sauer verdienen muß.« Wahrscheinlich glaubt der Richter, daß sich Straßenhändler bei Diebstählen an ein Vorstandsmitglied der Dresdner Bank zu halten haben oder doch zum mindesten an einen gutverdienenden Filmschauspieler.

5, 195 f

Jedes Volk hat die Richter, die es verdient.

5, 197

Dieser »deutsche Mensch« hat den tierischen Ernst einer Kuh, eines Hundes, eines Möbelstücks. Dergleichen lacht nicht. Von Selbstironie, diesem seltenen Artikel, will ich gar nicht reden.

5, 297

Krähen sind schwarz und tragen Talare, sie hacken einander kein Auge aus.

5, 318

Darüber brauchen wir uns hier nicht zu unterhalten, wie grauenhaft der Standpunkt dieser Koofmichs ist, die den Absatz nützlicher Spülklosetts mit geistigen Siegen verwechseln.

WB, 5.4.1927

Das ist ein Zahlenmensch, der fünfundzwanzig Jahre bei derselben Firma gearbeitet hat, immer mit Zahlen, neben Zahlen, über Zahlen gebeugt – sein Gehirn kann nichts als rechnen.

6, 10

Ihr habt alle in der Klasse einen sauren, etwas humorlosen, nicht so wunderschön gewaschenen Mitschüler gehabt, der meist unter den ersten zehn zu finden war – ihr könnt darauf schwören, daß er heute dasitzt und euch regiert.

6, 72

Es gibt eine »Vereinigung leitender Angestellter«, offenbar eine Art Obersklaven, die gern bereit sind, unter der Bedingung, daß sie von oben her besser angesehen werden, kräftiger nach unten zu treten.

6, 138

Aus dem »Menschlichen« aber, das man nie mehr ohne Anführungsstriche schreiben sollte, ein eignes Ressort gemacht zu haben, ist den Deutschen vorbehalten geblieben, die sich so ziemlich im Gegensatz zur gesamten andern Welt einbilden, es gäbe etwas »rein Dienstliches«, oder, noch schlimmer: »rein Sachliches«. Wenn die Herren Philologen mir das freundlichst in eine andere Sprache übersetzen wollen – ich vermags nicht.

6, 138

Die Qualität der Gefolgschaft ist die beste Kritik des Führers.

6, 151

Eher, liebe Frau, bricht sich einer, der auf einen Stuhl steigt, ein Bein, als daß einem deutschen Minister etwas passiert, und wenn er noch so viel Böses angerichtet hat.

6, 172

Es hat sich da unter der Kaufmannschaft ein moderner Typus herausgebildet, sehr sauber rasiert, mit der bestsitzenden Brille der Welt, mit Specknacken und halbsteifem Kragen, alles ordentlich und richtig – ein Typus, der einem Halbgott gleich auf die Welt heruntersieht.

6, 178

(...) es gibt selbst unter den klugen Börsianern wenige, die begreifen, wie maßlos komisch sie sind, wenn sie so ernst zusammenstehn und assimiliert fuchtelnd klatschen, was sie gern so ausdrücken: »Ich habe da gestern mit einem unsrer bedeutendsten Industriellen gesprochen ...«

6, 179

Die Seele vons Buttergeschäft ist der gute Wille, die gegenseitige Rücksichtnahme, jene Höflichkeit, die praktischer ist als das forsche Draufgängertum der mit Offensivgeist getränkten deutschen Fahrer.

WB, 3.4.1928

Die krampfhafte Empfehlung basiert aber wohl im allertiefsten Grunde auf jener merkwürdigen, spezifisch deutschen Eitelkeit, die das Selbstgefühl von der Person noch auf Zahnbürsten, Weltanschauung, Arzt und die eigne Zentralheizung ausdehnt. Die Leute spiegeln sich förmlich in den von ihnen benutzten Gegenständen, in ihrer Wohnung und in ihrer Stadt – die feinern Herren auch noch in ihrer Zeit. Was auch immer um sie, an ihnen, mit ihnen geschieht: jeder »Fortschritt«, jede Maschine, jeder gut funktionierende Wagen hebt ihren Wert. Dies alles ist mir untertänig … o du Kaffer.

WB, 15. 5. 1928

Man sage doch nicht, daß »die Leute dies gewöhnt seien« – das erinnert an den Ausspruch jenes Kellners, der da beim Austernservieren sagte: »Ja, die Austern sterben sofort, wenn man die Schale öffnet. Aber sie sind das gewöhnt!«

7, 298

Der Deutsche fährt nicht wie andere Menschen. Er fährt, um recht zu haben.

7, 307

Ein Jäger würde ja eher seine Flinte fressen, ehe er von einem Hasen sagte, er habe vier Beine und einen Schwanz. Gott weiß, wie das auf jägerisch heißt. Sie sind alle furchtbar stolz, daß sie zunächst einmal anders sprechen als du – denn daran erkennt man den Fachmann, meinen sie.

WB, 30. 7. 1929

Die Tiere und die Pflanzen sind für die Fachleute Objekt geworden, gradlinig auszurichten – am liebsten denken sie sich die Hunde geschoren wie die Taxushecken; auch dann, wenn sie der Natur einen freien Auslauf lassen, der von dem Stacheldraht ihres Willens begrenzt ist, wie viel Herrscherdrang ist hier, wieviel Machttrieb – und der stumpf und laut, dreist und mechanisch.

WB, 30. 7. 1929

Ein Fachmann, der nichts ist als ein Fachmann, ist ein Esel.

WB, 6. 8. 1929

Der Spießer setzt gern in seine Klagen das Wort »heute«, als ob nicht zu allen Zeiten die Menschen geistig träge, dummdreist, laut und verfressen gewesen seien.

8, 54

Und grade jenen Pädagogen, die bei jedem unanständigen Zettel, wie ihn Kinder, diese kleinen Pornographen, in manchen Jahren ihres Lebens anzufertigen lieben, gleich aus dem Häuschen geraten, muß gesagt werden, daß etwas in ihrem Häuschen nicht in Ordnung ist.

8, 80

Die sehen die Gefahr immer erst, wenn ihnen die Gegner auf den Teppich des Eßzimmers spucken.

8, 133

Der Kunde, das letzte Glied an der Kette des »Dienstes«, ist nur noch Anlaß und Ornament; es regieren die Kartotheken, die Akten, das Büro. In Deutschland arbeiten die Arbeiter, damit die Angestellten etwas zu schreiben haben.

8, 170

Daß Berufssoldaten berufsmäßige Gegner des Pazifismus sind, darf uns nicht wundern und ist verständlich; das ist immer so gewesen. Obgleich es ja seltsam anmutete, wenn etwa Feuerwehrleute jene bekämpften, die die Entstehung von Bränden verhüten wollten (...).

8, 275

Wenn der Mensch »Loch« hört, bekommt er Assoziationen: manche denken an Zündloch, manche an Knopfloch und manche an Goebbels.

9, 153

Unter den Kulturgütern, die die Völker gegenseitig austauschen, sind nach den Gasgranaten gleich die Bücher zu nennen.

9, 163

Verwickelte Dinge kann man nicht simpel ausdrücken; aber man kann sie einfach ausdrücken. Dazu muß man sie freilich zu Ende gedacht haben, und man muß schreiben, ohne dabei in den Spiegel zu sehn.

9, 194

Aber eine so gute Propaganda, wie sie die Kirche gegen die Kirche macht, können wir gar nicht erfinden. Und ich weiß viele, die mit mir denken: Wir sind aus der Kirche ausgetreten, weil wir es nicht länger mitansehen konnten. Wir sind zu fromm.

9, 240

Wenn ich das schön gedruckte Buch eines mit Buchweizengrütze gefütterten Philosophen aus Amerika lese, hinter seinen Brillengläsern blitzen fröhlich jungenhafte Augen, die sich so optimistisch mit dem Elend der andern abfinden, alles ist gut und schön, wir haben eine gute Predigt gehabt, Breakfast auch, ja danke, auf welch unbeflecktem Wege wohl so ein Wesen zur Welt gekommen sein mag, die Amerikanerinnen sind doch unterhalb des Nabels alle aus Zelluloid –

wenn ich so einen fröhlichen Professor lese: dann weiß ich endlich, wie einem gebildeten Chinesen zu Mute ist, der europäische Touristen sieht.

9, 244 f

Laß dir von keinem Fachmann imponieren, der dir erzählt: »Lieber Freund, das mache ich schon seit zwanzig Jahren so!« – Man kann eine Sache auch zwanzig Jahre lang falsch machen.

10, 49

Es gibt deutsche Katholiken, die zerreißen sich fast das Maul darüber, daß die Kommunisten »ihre Befehle aus Moskau entgegennehmen«. Und woher bekommen jene ihre Befehle? Aus Rom.

10, 61

Da erzählen sich die Leute immer so viel von Organisation (sprich vor lauter Eile: »Orrnisation«). Ich finde das gar nicht so wunderherrlich mit der Orrnisation.

Mir erscheint vielmehr für dieses Gemache bezeichnend, daß die meisten Menschen stets zweierlei Dinge zu gleicher Zeit tun. Wenn einer mit einem spricht, unterschreibt er dabei Briefe. Wenn er Briefe unterschreibt, telefoniert er. Während er telefoniert, dirigiert er mit dem linken Fuß einen Sprit-Konzern (anders sind diese Direktiven auch nicht zu erklären). Jeder hat vierundfünfzig Ämter. »Sie glauben nicht, was ich alles zu tun habe!« – Ich glaubs auch nicht. Weil das, was sie da formell verrichten, kein Mensch wirklich tun kann. Es ist alles Fassade und dummes Zeug und eine Art Lebensspiel, so wie Kinder Kaufmannsladen spielen. Sie baden in den Formen der Technik, es macht ihnen einen Heidenspaß, das alles zu sagen; zu bedeuten hat es wenig. Sie lassen das Wort »betriebstechnisch« auf der Zunge zergehn, wie ihre Großeltern das Wort »Nachtigall«. Die paar vernünftigen Leute, die in Ruhe eine Sache nach der andern erledigen, immer nur eine zu gleicher Zeit, haben viel Erfolg. Wie ich gelesen habe, wird das vor allem in Amerika so gemacht. Bei uns haben sie einen neuen Typus erfunden: den zappelnden Nichtstuer.

10, 99

(…) dies Deutsch mit seinen vielen Fremdwörtern klingt, wie wenn einer die Stiefel aus dem Morast zieht: quatsch, quatsch, platsch, quatsch …

10, 106

Wenn sich in Rußland auch nur ein Achtel der Entführungen, Erpressergeschichten, Bandenüberfälle und Gewalttaten ereignete wie in Amerika –: das Geschrei der sittlich entrüsteten Amerikaner möchte ich mal hören! Sie sollten wirklich bei sich selber Ordnung machen, sich auf Reisen anständiger benehmen und im übrigen den Schnabel halten.

10, 106 f

Manchmal sieht man Freunde wieder, die es zu etwas gebracht haben. Neid? Nein. Aber wenn man lange nachgedacht hat, warum sie einem so fremd und so unsympathisch geworden sind, so dürfte es wohl dieses sein: ihre süßliche Erfolgschnauze.

10, 110

Mir erscheinen Amerikaner, wenn sie losgelassen sind, immer wie fremde, böse Tiere. Die Europäer machen doch gewiß alles, was Gott verboten hat, und noch Schlimmeres – aber bei denen da habe ich stets das Gefühl: die sind von einem andern Stern. Und von keinem bessern.

Q, 149

Das schweizer Kreuz? Dieses Land sollte einen Kurszettel im Winde flattern lassen.

Q, 171

Ihr dichtet so schöne Bilanzen ... was braucht ihr noch Dichter –!

8, 294

*Die Krümel im Bett*

Liebe ist, wenn sie dir die Krümel aus dem Bett macht.

8, 236

Über den Bodensee der Sexualität kommt man nur, wenn er zugefroren ist und der Reiter nicht weiß, daß das Feld eigentlich eine Eisdecke ist.

1, 137

Diß mit die Weiber – ick habe imma jefunden, am Tage is es nischt mit sie.

1, 287

Die Geschichte von dem Aktuar, der seiner Hulda zu wissen tat: »Ich liebe dich leidenschaftlich« und dann das letzte Wort mit dem Lineal unterstrich, ist nur ein spaßiger Einzelfall einer ganzen Epoche des Verfalls der Briefschreibekunst und ihrer völligen Verkennung.

1, 301 f

(...) man soll Frauen keine Witze erzählen. Man muß sie ihnen immer erklären, und dann sind sie enttäuscht.

1, 308

(...) ich glaube, daß man erst durch Himmel und Hölle hindurch muß, ehe man frei und gescheit ein Mädchen küßt, eine Frau liebt und eine Sommernacht lang vergnügt ist.

2, 417

Für jede Frau ist eigentlich ein ganz besonderer Laut charakteristisch, den sie und nur sie hat: Manche müssen keifen, um ganz sie selbst zu sein, manche trällern und manche leise seufzen.

3, 54

Wer in einem blühenden Frauenkörper das Skelett zu sehen vermag, ist ein Philosoph. Brüste sind hübscher.

3, 311

Es kommt wohl vor, daß man als Mann und Männchen einen Hang fürs Küchenpersonal hegt, besonders, wenn es Frühling ist.

3, 522

Ein Diplomat, mein liebes Kind, ist ein Mann, der das Geburtsdatum einer Frau kennt und ihr Alter vergessen hat!«

4, 190

Nicht jeder hat die Geistesgegenwart jener Frau, auf deren Bett der Ehemann ein paar, mit Verlaub zu sagen, Hosenträger fand. »Du hast einen Liebhaber!« rief er aus. Und die gekränkte Frau sprach würdevoll: »Erstens habe ich keinen Liebhaber, und zweitens hat er keine Hosenträger!« Auch lügen will gelernt sein.

9, 273

Wenn die Amerikanerin so lieben könnte, wie die Deutsche glaubt, daß die Französin es täte –: dann würde sich die Engländerin schön freun. Sie hätte einen herrlichen Anlaß, sich zu entrüsten.

4, 355

Kein Feuer, keine Kohle
kann brennen so heiß
wie die heimliche Liebe,
von der niemand nichts weiß.

5, 198

(...) man kann doch nicht dauernd neben einer Quelle liegen, ohne zum mindesten einmal spielerisch die Hand ins Wasser zu stecken. Durst? Nein. Es war nur eine Quelle da.

5, 214

Bei einer Freundschaft zu dritt verbünden sich meist zwei gegen den Dritten und fallen über ihn her. Das wechselt, die Fäden laufen auf und ab, teilen sich und vereinigen sich; die Dreizahl ist eine sehr merkwürdige Sache. Eine Vierzahl gibts nicht. Vier sind zwei oder viele.

5, 378

Der schönste Schmuck für einen weißen Frauenhals ist ein Geizkragen.

5, 379

(...) wenn manche Frauen wüßten, was manche Männer so unter »arbeiten« verstehen, so ließen sie sich nie mehr wegen ihrer zu langen Telefongespräche Vorwürfe machen.

6, 322

Zwischen dem Eintagsverhältnis und der fest fundierten, viel zu schwer löslichen Ehe fehlt etwas. Dieses Etwas wird sich in spätestens fünfzig Jahren herauskristallisieren.

6, 353

Jede Dame hat eine lange Nadel, mit vergifteter Spitze, die in der Sonne grünlich blinkt ...

WB, 14. 8. 1928

Es gibt doch einen sehr verständlichen, legitimen und naturhaften Trieb, sich an einem Frauenkörper zu erfreuen, und wenn ich nicht irre, ist Alfred Polgar einer der ganz wenigen Mutigen gewesen, der einmal (...) das Recht auf Erektion propagiert hat.

7, 182

Von der Eifersucht. Ich sagte zu Germaine: »Heute nacht habe ich von dir geträumt – aber wie!« Sie zog die Stirn kraus. »Alors tu m'as trompée avec moi!« sagte sie.

8, 147

Von der Verliebtheit. Von ihr nichts zu bekommen, ist immer noch hübscher, als mit einer andern zu schlafen.

8, 147

(Aus den Sprüchen des Pfarrers Otto): »Die Frauen sind die Holzwolle in der Glaskiste des Lebens.«

8, 147

(...) eine dauernde Bindung zu einer Frau ist nur möglich, wenn man im Theater über dasselbe lacht. Wenn man gemeinsam schweigen kann. Wenn man gemeinsam trauert. Sonst geht es schief; sonst geht es schief; sonst geht es schief.

8, 166

Männer sind rohe Geschöpfe (wenn sie nicht gerade den Schnupfen haben – da benehmen sie sich wehleidiger als eine Frau, die ein Kind kriegt), Männer sind roh und werfen wohl manches fort (...).

Viele unter uns sind noch gar sehr sentimental; wenn sie mit einem Gegenstand eine Zeitlang gelebt haben, dann haben sie mit ihm kein Verhältnis gehabt, sondern sie sind mit ihm verheiratet gewesen – und da trennt man sich doch nicht so eins, zwei, drei ... Jedenfalls schwerer als in einer wirklichen Ehe.

8, 189

Denn ein junger Mensch darf sich unbesorgt verliebt geben – ein alter Mensch aber muß sehr vorsichtig damit sein, für den Fall, daß es einer sieht.

8, 241

Mein Mann singt nicht. Er ist in der tiefsten Seele unmusikalisch. Er ist mir doch nun so nahe – und ist so weit weg, so weit weg … Wenn er zärtlich ist, das kommt alle halbe Jahre einmal vor, dann ist es bestimmt an der falschen Stelle. Und wenn ich meine Katzenstunde habe, wo ich gern schnurren möchte, dann ist er nicht da, oder wenn er da ist, dann spricht er über sein Geschäft, oder er klapst mir auf den Rücken, eine schreckliche Angewohnheit … er versteht nicht, daß ich bloß schnurren will, und daß mir nur jemand über das Fellchen streichen soll. Er weiß das nicht.

8, 260

(…) es ist so schön, einen Mann zu haben, dem man die ganze Schuld geben kann.

8, 260

Mit dem nackten Körper stets den Begriff der Erotik verbinden: das ist ungefähr so intelligent, wie beim Mund stets an Essen zu denken. Mit dem Mund ißt man nicht nur; man spricht auch mit dem Mund. Durch die nackte Haut atmet man.

8, 345

Eines der tiefsten Worte der deutschen Sprache sagt von zwei Leuten, daß sie sich nicht riechen können.

9, 12

Man denkt oft, die Liebe sei stärker als die Zeit. Aber immer ist die Zeit stärker als die Liebe.

9, 48

Eine richtige Männerfreundschaft ... das ist wie ein Eisberg: nur das letzte Viertel sieht aus dem Wasser. Der Rest schwimmt unten; man kann ihn nicht sehn.

9, 52f

Aber das ist schließlich überall:
der erste Mann ist stets ein Unglücksfall.
Die wahre Erkenntnis liegt unbestritten
etwa zwischen dem zweiten und dem dritten.

9, 100

Ein kleines bißchen Zärtlichkeit – und alles wäre gut.

9, 103

(...) und wenn eine Frau allein ist, dann ist sie viel alleiner als ihr Männer.

9, 117

Nie versteht ein Liebender, daß was gewesen ist, einst nicht mehr gelten kann – es war doch aber einmal! Und da meinst du, Tor, es müsse immer sein? Aber es ist nicht immer.

9, 229

Lügen haben kurze Beine, viele Frauen aber auch, das beweist also nichts. Wie kommt es nur, daß viele Lügen überhaupt ans Tageslicht gelangen –?

Das kommt daher, daß die meisten Lügner kein gutes Gedächtnis haben. Wer lügt, muß aber ein sehr gutes Gedächtnis haben. »Du hast doch aber neulich gesagt ...« so fängt es an, und dann setzt der arme geängstigte Mann, denn

Frauen sagen stets die Wahrheit, setzt der Mann auf die alte Lüge eine neue. Das bekommt ihm meist nicht gut. Als alter, erfahrener Lügner kann ich nur sagen: meine Schwindeleien sind alle herausgekommen, weil ich nicht ordentlich aufgepaßt habe. Frauen passen schrecklich auf …

9, 273

Der englische Schriftsteller William Gerhardi sprach einst: »Wenn eine Frau sagte, sie sei genau wie alle Frauen – die wäre anders.«

9, 308

Wenn die geliebte Frau mit einem andern Mann flirtet, erscheint sie uns leise lächerlich. Die Steine des Kaleidoskops, das wir so gut kennen, geben ein neues Bild; wir sehn sie zum erstenmal gewissermaßen von der Seite. Eifersucht macht kritisch. Wenn Männer mit einer für sie neuen Frau beschäftigt sind, gilt das natürlich alles nicht.

9, 309

Um wie viel stiller ginge es in manchen Familien zu, wenn sich alle Frauen Männer kaufen könnten!

9, 323

Das Christentum hat viel Gutes auf Erden bewirkt. Doch wird dies tausendfach durch das Schlimme überboten, das die christliche Idee mit der Vergiftung des Liebeslebens angerichtet hat.

10, 69

Bitter, wenn sie einen Liebhaber gehabt hat, der mit Vornamen so heißt wie du.

10, 99

In der Ehe pflegt gewöhnlich immer einer der Dumme zu sein. Nur wenn zwei Dumme heiraten –: das kann mitunter gut gehn.

10, 108

(...) Freundschaft beruht darauf, daß eben nicht alles gesagt wird, nur so ist Beieinandersein möglich.

10, 145

Wie mache ich mich unbeliebt?
Da gibt es nun mehrere Mittel. Man kann einer Dame, die man ein Jahr nicht gesehen hat, sagen, man habe sie sofort wiedererkannt, und, wenn sie fragt, woran, antworten: »An Ihrem Hut, gnädige Frau!«

10, 158

Muß denn immer gleich von Liebe die Rede sein?« – Ja.

10, 20

# *Ich bin so ein kleiner Dicker*

Der schönste Augenblick am Tag ist doch der, wo man morgens unter der Brause hervorkriecht und das Wasser von einem abtropft. Was dann noch kommt, taugt eigentlich nicht mehr viel.

8, 345

Aber wenn ich adlig wäre, so ließ ich mir ein Wappenschild bauen, darin müßte eingeritzt stehen: »JEDER SEINS«.

2, 217

Dick sein ist keine physiologische Eigenschaft – das ist eine Weltanschauung.

2, 354

Was wollen wir denn alle Großes? Gesundheit; die Mittel, die nötig sind, um in unserer Klasse zu leben; keine übermäßigen menschlichen Katastrophen in der Liebe oder mit den Kindern – schließlich, so erheblich sind unsere Ansprüche gar nicht.

3, 399

So schön, wie sich jeder Mann beim Friseur vorkommt, möchte ich einmal sonntags sein.

4, 316

Ich für meinen Teil lasse für fünfundzwanzig Centimes Hawain in mich hineinweinen, und bis zur Erschlaffung Jazz, man versteht nachher Politik und Geschäfte viel besser.

4, 323 f

(...) seinen kleinen Herzensjammer wird wohl jeder haben. Ach ja – jeder wird ihn haben, soll ihn haben – ich kann doch hier nicht allein sitzen und mich zum Narren machen.

4, 387

Und wenn einer aus Feuerland daherkäme und mir das Abbild seines Gottes zeigte und sagte: »Sieh! Er tut Wunder! Er gibt Regen und Sonnenschein! Er heilt die Kranken und fördert die Gesunden! Er schließt die Wunden und trocknet Tränen, er erweckt Tote und trifft mit dem Blitz das Haupt unsrer Feinde! Er ist ein großer Gott!« – spräche er also, so prüfte ich das Gebäude und die Untermauerung seines Glaubens und seiner Metaphysik, seiner Lehren und seiner Sittengesetze.

Und fände ich dann etwa, daß es eine Religion ist, die von ihrem Schöpfer gute Lehren auf den Weg bekommen hat, diesen Schöpfer aber verraten hat um irdischer Güter willen; daß sie die Reichen begünstigt und die Armen mit leeren Tröstungen im Elend geduckt hält; fände ich, daß sie die Tiere nicht miteinbezieht in den Kreis des Lebens, und daß sie klüger ist als fromm, gerissener als weise, politischer als wahrhaftig; daß sie das gute Heidnische im Menschen tötet und den Verkrüppelten sorgfältig bewacht; daß sie gottlose Fahnen in ihren Tempeln aufhängt und segnet, die da töten, und verflucht, die den Staatsmord verhindern wollen – fände ich das alles:

ich schickte den Mann aus Feuerland zurück und pfiffe auf seine Wunder.

5, 89

Alles, alles kann man entbehren. Die Literatur: schwer; den Whisky: schon schwerer; Lisa, Musch, Mara, Margot: am schwersten. Aber eines kann unsereiner nicht entbehren:

die große Stadt, die abends die Lichter anzündet, die Stadt, wo man sich anonym in seine Bestandteile auflösen kann; wo so viele da sind, daß keiner mehr da ist, und wo zwar nichts wächst, aber wo es gekocht wird, alles miteinander.

6, 205

Sich im heißen Sommer ein gedünstetes, faustgroßes Stück Fleisch in den Magen zu jagen, halte ich für eine immense Rücksichtslosigkeit gegen ebendenselben; eine Weile läßt sich das ja jeder Magen gefallen, aber eines Tages ... nun, wir wollen uns nicht bange machen.

6, 232

Wie Wagenpferde, die schwer gezogen haben, getränkt werden –: das sehe ich so gern. Da stehen sie, mit nassem Fell, die Schweife wedeln ganz matt, sie lassen den Kopf hängen, und das eine stößt das andre, das grade trinkt, beiseite. Man sieht das Wasser in seine Kehle hinuntergleiten, es schlürft; alles an ihm ist Gier, gesättigte Gier, frische Gier und Befriedigung. Dann trinkt das zweite, und das erste sieht zufrieden vor sich hin, aus dem Maul rinnt ihm Wasser in langen

Fäden ... Das ist schön. Ich möchte den Kutscher streicheln, der ihnen da seinen Eimer hinhält. Warum ist das schön –?

Weil es erfüllte Befriedigung ist, die ist so selten. Es ist legitimer Wunsch, erarbeiteter Lohn, Notwendigkeit, und eine erquickende Spur Wollust ist auch darin. Auch tut es niemand wehe; keine Spinne tötet hier die mit großem Fleiß eingefangene Fliege, ihren ebenso naturhaften Hunger zu stillen, und die Mikroben im Wasser werden wohl keine Schmerzen erleiden, wir wollen uns da nicht lächerlich machen – es ist schön, wenn Pferde getränkt werden.

7, 196

Manchmal, wenn das Telefon nicht ruft, wenn keiner etwas von dir will, nicht einmal du selber, wenn die Trompeter des Lebens pausieren und ihre Instrumente umkehren, damit die Spucke herausrinnt ... dann horchst du in dich. Und was ... dann ist da eine Leere –

Dann ist da gar nichts. Die Geräusche schweigen; nun müßte doch das Eigentliche in dir tönen ... es tönt nicht. Horche, daß sich dir die Stirn zusammenzieht – vielleicht ist es gar nicht da, das Eigentliche? Vielleicht ist es gar nicht da. Überfüttert mit Geschäften, Besorgungen, mit dem Leben, wie? Und das Fazit? Leere – Der Herr sollten sich wieder mal verlieben! Der Herr sollten nicht so viel rauchen! Schlecht geschlafen, was? ... Die Witze rinnen an dir ab; das ist es alles gar nicht. Leer, leer wie ein alter Kessel – es schallt, wenn man dran bumpert ...

8, 123 f

Ich spielte hauptsächlich auf den schwarzen Tasten; man kann sich besser daran festhalten.

9, 40

Zwei Männer kenne ich auf der Welt; wenn ich bei denen nachts anklopfte und sagte: Herrschaften, so und so … ich muß nach Amerika – was nun? Sie würden mir helfen. Zwei – einer davon war Karlchen. Freundschaft, das ist wie Heimat. Darüber wurde nie gesprochen, und leichte Anwandlungen von Gefühl wurden, wenn nicht ernste Nachtgespräche stattfanden, in einem kalten Guß bunter Schimpfwörter erstickt. Es war sehr schön.

9, 46

Ich würde nie mogeln, wenn es jemand merkt.

5, 375

Tiere wittern Furcht. Menschen wittern Furcht. Seitdem ich aber gelernt habe, daß sie alle sterben müssen, geht es schon besser.

9, 70

Warum ist das alles so –?

Weil sie uns nicht lange genug mit unserer Eisenbahn haben spielen lassen.

9, 135

Ach, ich werde mir doch mächtig fehlen,
wenn ich einst gestorben bin.

9, 322

*Das steht im Sprachführer nicht drin*

Das mit dem Lexikon und den Sprachführern habe ich längst aufgegeben. Sagt man nämlich solch einen Satz den fremden Männern, so ist es, wie wenn die mit einer Nadel angepiekt seien – der fremde Sprachquell sprudelt nur so aus ihnen heraus, und das steht dann wieder im Sprachführer nicht drin ...

6, 315

(...) jeder ist fremd, wenn er nur die Nase aus seinem Dorf heraussteckt. Es gibt mehr Fremde als Einwohner in diesem gottgesegneten Erdteil ...

2, 371

Die Engländer sind die Römer der Neuzeit. Die Franzosen sind die Chinesen des Westens. Die Japaner sind die Engländer des Ostens. Die Belgier sind die Polen des Westens. Nur was die Bayern eigentlich für ein Volksstamm sind – das hat noch kein Mensch herausbekommen.

3, 512

Denn in zivilisierten Ländern ist das so: um sie ganz und gar richtig zu kennen, muß man mit den Frauen freundlich sein und mit den Männern Geschäfte machen.

WB, 12. 6. 1924

Es ist selbstverständlich nicht richtig, wenn etwa behauptet wird, im Ausland klappe alles besser, sei alles besser, schmecke alles besser. Dergleichen sagen kleine und große Moritze aus Frankfurt am Main.

4, 443

Das erste, was auffällt, ist: Ganz Deutschland besteht aus Augen. Große Telleraugen, blanke Glasscheibchen, trübe Wasserflecke – sie starren dich an. Alle sehen alle an, ganz genau. Sie mustern, machen Inventur, prüfen, überprüfen, riechen mit den Augen. Auch machen sie eine unendliche Wirtschaft aus allem, sich und den andern das Leben schwer und das Reisen zu einer Dienstpflicht, der sie mit zusammengepreßten Lippen und angestrengtem Gesichtsausdruck obliegen; noch nie habe ich auf einer französischen Bahn einen solchen Trubel um nichts erlebt. Wo einer sitzt, ob das Fenster auf oder zu ist, und wie der Handkoffer liegt, und was es da alles gibt … es sind typische deutsche »Probleme«: anderswo gibt es sie gar nicht, oder sie sind keine. Muß das Dasein hier Kräfte kosten –!

4, 480

François, Gaston, René – ich liebe euch, nicht obgleich ihr Franzosen seid; ich liebe euch, nicht weil ihr Franzosen seid – ich liebe euch, weil ihr François, Gaston, René seid.

5, 10

Ein Graf von Montmorency rühmte einst vor einem Basken das Alter seines Namens, seines Adels, seiner Familie, rühmte, von welch großen Männern er abstammte. Der Baske erwiderte: »Wir Basken, Herr Graf: wir stammen überhaupt nicht ab!«

5, 27

Freilich mußten achttausend Bauern schlecht wohnen und hart arbeiten, damit der hier so leben konnte, aber als Symbol geraubter Arbeitskraft ist es immer noch schöner als eine große Hypothekenbank. [Über den Palace Royale in Pau]

5, 49

Lourdes ist ein einziger Anachronismus.

Diese organisierten Pilgerzüge mit der Eisenbahn und dem ermäßigten Billett, diese elektrisch erleuchtete Kirche, die aussieht wie ein Vergnügungslokal auf dem Montmartre, der grauenhafte Schund, der da vorherrscht, nicht nur in den dummen Läden, sondern in den Kirchen selbst, diese unfromm bestellten Altäre, Schreine, Ornamente, Decken und Beleuchtungskörper –: mit Industriearbeit ist das eben nicht zu machen. In Carcassonne steht in der Kathedrale ein altes Taufbecken, das ist siebenhundert Jahre alt, und man möchte davor knien, so fromm ist es. Aber der, der es gemetzt hat, hat geglaubt, er hat seinen Glauben in den Stein versenkt; er machte ein Geschäft, indem er es lieferte, gewiß – aber es war doch ein Taufbecken, und der Mann wußte sehr wohl, was er da unter den Händen hatte und was es galt. Heute –? »Und liefern wir Ihnen einen

Posten Ia Qualität Taufbecken zu besonders kulanten Bedingungen.« Es ist aus. Die kirchliche Kunst kopiert sich selber, und wenns gut geht, sind die Kopien wenigstens anständig. Die Versuche, zu modernisieren, mißlingen kläglich – zwischen Erfrischungsraum im Warenhaus und Bahnhofshalle ist da keine Dummheit ausgelassen. Gefühle kann man nicht fabrizieren.

5, 70 f

Das Wesen des Meeres ist aus dem Tropfen nicht ersichtlich.

5, 82

In Lourdes sitzt an der Ecke der rue Basse und der rue Baron Duprat im Korbwagen ein dicker Bettler. Er ist im besten Alter, eine Kugel an Fett, ununterbrochen schüttelt er in den Händen eine Blechbüchse, in der etwas klappert. Und nähert sich der Ecke ein Passant, so schüttelt er heftiger und sagt mit rostiger Stimme: »La charité, messieurs-dames, la charité!« Ich kaufte regelmäßig bei ihm, weil es hübsch war, daß einer abstrakte Gegenstände anpries. Eines Tages aber geschah etwas Unerwartetes. Es näherte sich ihm eine tropfnasige Alte, ein gekrümmtes, zusammengedrücktes Mütterchen, und schlurchte nahe an ihn heran. Die »charité« blieb ihm im Halse stecken. Er sah sie an, öffnete die Büchse und gab ihr ein Kupferstück. Hüstelnd und Segenswünsche brummelnd entfernte sich die Alte.

Das hatte ich noch nie gesehen, einen Bettler, der angebettelt wird. Überschrift: Der Unterbettler.

5, 97 f

Man kann wohl nicht aus seiner Zeit heraushüpfen, und so sind denn die Menschen meisthin felsenfest davon überzeugt, daß man die Natur immer so angesehen habe, wie sie es tun, daß man sie auch gar nicht anders ansehen könne und daß der ein verstockter Tropf und Modegeck sei, der es auf eine andere Art versuche. Die Erde hält gutwillig still, wenn die Reisenden über sie dahinklettern, und es ist ihr gleichgültig, wie man sie anschaut.

5, 98

Wie lange ist es her, daß den Menschen die Augen für die Schönheit des Meeres aufgegangen sind? Wie lange werden sie das Meer noch so ansingen?

5, 98

Da ist vor allem jener fatale Gegensatz von Automann und Fußwandrer. Einer lacht den andern aus, und sie sagen sich gegenseitig nach, daß man *so* natürlich nichts von einem Lande habe. Ich glaube: beide haben unrecht. Es ist da etwas wie eine Breite der Bewegung in die Reisen gekommen, und das geht auf Kosten der alten Intensität – schafft aber ein völlig neues Lebensgefühl. Ich habe das einmal vor Bourg-Madame, an der spanischen Grenze, zu spüren bekommen: das eine Mal polterte ein Überlandauto mit mir die große Straße herunter, und das zweite Mal bin ich gegangen. Es war jedesmal eine andere Allee.

Die grünen Blätter, die einem entgegengeweht kommen; streifende Zweige; das unermüdliche Brummen des Wagens; der Takt des Motors; der Blick, der schon aus Langerweile weit in die Landschaft hineinsieht und den

Horizont absucht; Felder, die sich fächerartig vorbeidrehen, keine Einzelheiten, viel, wenn möglich alles –: das ist das eine. Die Erde unter den Füßen fühlen; ein Steinchen mit der Fußspitze beiseite schleudern; ein Blatt im Gehen abreißen; stehenbleiben und sehen, was denn da im Bach herumkreiselt; aus dem Bach trinken; an die Häuser herangehen und sie mit den Händen befassen, kennst du diesen Stein? nicht so sehr die Weite kontrollieren als genau die kleine Umwelt –: das ist das andere. Müßt ihr immer Vereine bilden –?

5, 100

(…) es ist ja in den allermeisten Fällen nicht wahr, daß der Reisende, frisch aus der Eisenbahn, mehr zustande bringt als eine Dreiminutenverzückung, die etwa auf demselben Niveau liegt wie die bunten Glasscheiben, die man auf altmodischen Aussichtstürmen antrifft und die dem Abgestumpften die Natur wenigstens einigermaßen erträglich machen sollen. (…) Wer dreißig Jahre Asphalt tritt, wer in Steinmauern aufwächst und fast das ganze Jahr nichts andres sieht, für wen es keine Dämmerung gibt, sondern nur dunkel wird, wer nicht angeben kann, was am vorigen Montag für Wetter war – für den ist die Natur nicht leicht zu erobern. Wenn er sich nichts vormacht, bedeutet sie: gute Luft, Ruhe, Ausspannung, keine Stadt.

5, 101

Jeder versteht nur seine eigene Poesie.« Jede Zeit versteht nur ihre eigene Naturauffassung. Der ist reich, der viele hat.

5, 102

Mit dem »*Guide Bleu*« von Hachette versuche ichs erst gar nicht. Das ist eines von jenen Reisebüchern, deren Verfasser man immer gern bei sich hätte, um sie mit der Nase an alle Mauern zu stoßen, die man einrennen würde, wenn man ihre törichten Ratschläge befolgte.

5, 124

Das Auge bekommt ein Hotelzimmer für eine Person allein zu mieten – das Ohr nicht. Hotels sind die lautesten Niederlassungen der Menschen. Da, wo die Tür sitzt, ist das Brett einer Streichholzschachtel angebracht, damit man gut hört, wann nachts der böse Dieb kommt; morgens früh, wenn die Hausdiener krähn, fährt schwere Artillerie im Korridor auf, und nebenan gurgelt sich jemand ausführlich den Rachen. Oben, eine Etage höher, geht ein Gewitter nieder. Man schläft eigentlich mit allen zusammen, wie in einer Scheune. Nein, es ist nicht nur das Ohr. Jedes gute Hotelzimmer hat mindestens drei Türen, damit man sich nicht so allein fühlt – und mindesten drei davon haben Glasscheiben. Dein Licht darfst du auslöschen, das der andern hast du umsonst.

5, 124 f

Ich bin kein weitgereister Mann und kann nicht nachlässig hinwerfen: »Das Haus des Dalai-Lama in Tibet erinnert mich an der Nordseite an die Peterskirche in Rom …« Diese Kathedrale in Albi hat mich an gar nichts erinnert – doch: an eins. An Gott. Ihr Anblick schlägt jeden Unglauben für die Zeit der Betrachtung knock-out.

5, 129

Ich verhungerte in Paris – nie könnte ich hier auch nur einen Sou verdienen. Hier kann man schwer verdienen, aber leicht leben. (In Berlin scheint mir das umgekehrt.)

5, 347

Es gibt ein anderes Amerika, so, wie es überall zwei Länder gibt.

6, 11

Reisen. Reisen. Die Wurzeln schleifen, blasse, dünne Fäden, die so gern trinken wollen und einen Boden suchen, der ihnen schmeckt.

6, 22

Je schlechter das Essen, desto lieblicher der maître d'hôtel, der sich über mich wie über einen Kranken beugt: ob es mir denn schmecke, und ob es mir munde, und ob ich zufrieden sei … Lieber Gott, gib mir doch den Mut, daß ich ihm einmal, nur ein einziges Mal, mit der Gabel in den Bauch pieke …!

6, 65

Was dem einen seine Weiße, ist dem andern sein Apéritif, und damit muß man nicht protzen. Nichts komischer als diese berliner Superfranzosen, die mit verzücktem Schmatzen einen, man denke, Dubonnet auf der Zunge zergehen lassen. Dubonnet heißt auf Deutsch: Kahlbaum, wir wollen uns da nichts vormachen.

6, 111

Was das Herz in Heidelberg anbetrifft, so haben wir davon genug gesungen, der Mensch besteht nicht nur aus dem Herzen allein, und drum herum ist es auch ganz schön.

6, 117

Reisen ist eine Kunst – mit dem Auto zu reisen ist eine große Kunst.

6, 117

(...) es gibt ja Reisende, bei denen man das Gefühl nicht los wird, daß sie nur ausziehen, um zu sehen, ob auch noch alles da ist ...

6, 117

Der Mann war nur mit seinem Selbstbewußtsein bekleidet, und es war jenes Stadium eines Ferientages, wo man sich mit geradezu wollüstiger Langsamkeit anzieht, trödelt, Sachen im Zimmer umherschleppt, tausend überflüssige Dinge aus dem Koffer holt, sie wieder hineinpackt, Taschentücher zählt und sich überhaupt benimmt wie ein mittlerer Irrer: es ist ein geschäftiges Nichtstun, und dazu sind ja die Ferien auch da.

6, 250

Es ist so viel unverbrauchte Zärtlichkeit in Hotelzimmern (...).

6, 263

Nun ist das auf der ganzen Welt so, daß die Leute, wenn man sie nicht versteht, schön laut mit einem reden; sie glauben, durch ein Plus an vox humana die fehlenden Vokabelkenntnisse der andern Seite zu ersetzen … Und wenn du klug bist, läßt du ihn schreien.

6, 315

Da merkt man erst, was für ein eminent pazifistisches Ding die Sprache ist; wenn sie nicht funktioniert, dann wacht im Menschen der Urkerl auf, der Wilde, der da unten schlummert; eine leise Angstwolke zieht vorüber, Furcht und dann ein Hauch von Haß: was ist das überhaupt für einer? Ein Fremder? Was will der hier?

6, 316

Deutschland ist bekanntlich das Land mit der größten Schilderliteratur der Welt – wenn wir einen Bahnwagen in Betrieb setzen, so nageln wir vierundsechzig Schilder hinein, die verbieten, befehlen, bitten, beschwören, die uns erzählen, daß man sich die Nase nicht in die Hand schneuzen solle (Hamburg); daß man und wie man absteigen solle; daß man … daß man nicht … Polizeilich erschreckte Kinder.

6, 355

(…) aber wenn ich doch nur wüßte, woher eigentlich der Aberglaube rührt, daß die Deutschen gar so reinlich und die Franzosen gar so schmierig seien!

6, 356

Den Deutschen muß man verstehen, um ihn zu lieben; den Franzosen muß man lieben, um ihn zu verstehen.

7, 294

Heute ist das Land nicht die Stadt; aber das ist auch alles.

8, 113

Bleibt als Lebensregel: Die Schönheit liegt im Auge des Beschauers.

So, wie der alte Edison entdeckt hat, daß die Schnelligkeit, auf die wir unser Grammophon stellen, dem Herzschlag analog ist – so fühlen wir wohl die Natur, in der wir unsere Kindheit suchen und niemals finden.

Was uns nicht abhalten soll, vertrauensvoll in den nächsten Sommerurlaub zu blicken.

8, 114

In Paris kann man keine Wohnung mieten – man muß sie heiraten.

8, 233

(...) die Welt hat eine abendländische Uniform mit amerikanischen Aufschlägen angezogen. Man kann sie nicht mehr besichtigen, die Welt – man muß mit ihr leben oder gegen sie.

9, 21

Wenn man in ein fremdes Land kommt, dann muß man erst einmal das fremde Wasser in sich hineingluckern lassen, das gibt einem den wahren Geschmack der Fremde.

9, 27

Der letzte Urlaubstag …

Ich bin schon für die Reise angezogen, zwischen mir und dem Mälarsee ist eine leise Fremdheit, wir sagen wieder Sie zueinander. (…)

Da steht Gripsholm. Warum bleiben wir eigentlich nicht immer hier? Man könnte sich zum Beispiel für lange Zeit hier einmieten, einen Vertrag mit der Schloßdame machen, das wäre bestimmt gar nicht so teuer, und dann für immer: blaue Luft, graue Luft, Sonne, Meeresatem, Fische und Grog – ewiger, ewiger Urlaub.

Nein, damit ist es nichts. Wenn man umzieht, ziehen die Sorgen nach. Ist man vier Wochen da, lacht man über alles – auch über die kleinen Unannehmlichkeiten. Sie gehen dich so schön nichts an. Ist man aber für immer da, dann muß man teilnehmen.

9, 91

Ein großer Passagierdampfer rauschte durch das Wasser in den Hafen. Alle Lichter funkelten: vorn die Schiffslaternen, oben an den Masten kleine Pünktchen, alle Kammern, alle Kajüten waren hell erleuchtet. Er fuhr dahin. Musik wehte herüber.

Whatever you do –
my heart will still belong to you –

Eine Welle Sehnsucht schlug in unsre Herzen. Fremdes erleuchtetes Glück – da fuhr es hin. Und wir wußten: säßen wir auf jenem Dampfer und sähen den erleuchteten Zug auf der Fähre, wir dächten wiederum –: da fährt es hin, das Glück. Bunt und glitzernd fuhr das große Schiff an uns vorüber, mit den Lichtpünktchen an seinen Masten. Die schwitzenden Stewards sahen wir nicht, nicht die Reeder in ihren Büros, nicht den zänkischen Kapitän und den magenkranken Zahlmeister ... natürlich wußten wir, daß es so etwas gibt – aber wir wollten es jetzt, in diesem einen Augenblick, nicht wissen.

Whatever you do –
my heart will still belong to you –

Unsere Herzen fuhren ein Stückchen mit.

Dann stand unser Wagen auf der Fähre. Das Schiff erzitterte leise. Die Lichter an der Küste wurden immer kleiner und kleiner, dann versanken sie in der blauen Nachtluft.

9, 93

Das Englische ist eine einfache, aber schwere Sprache. Es besteht aus lauter Fremdwörtern, die falsch ausgesprochen werden.

9, 181

Die meisten Hotels verkaufen etwas, was sie gar nicht haben: Ruhe.

10, 103

Wann beherrschst du eine fremde Sprache wirklich? Wenn du Kreuzworträtsel in ihr lösen kannst.

10, 108

Reisen bildet.

Es kommt freilich nicht darauf an, wo man seine Koffer hinträgt; es kommt darauf an, was man nach Hause bringt – im Kopf. Manche reisen durch die ganze Welt und kommen eine Kleinigkeit dümmer heim als der Nachtwächter von Messenthien. Ich kannte einen Kaufmann, der stak lange in Indien – seinem Intellekt nach hätte ich ihm kaum Magdeburg zugetraut.

10, 183

In jeder Straße läßt du immer
ein kleines Stückchen Herz zurück.

6, 31

*Die menschliche Dummheit ist international*

Die menschliche Dummheit ist international.

9, 318

Das haben wir eigentlich aus Amerika gelernt, nicht auf die Suppe, sondern auf den Topf zu gucken. Früher fragte man, wie eine Medizin wirke, heute, wie sie verpackt sei. Ein Königreich für einen Titel!

1, 182

Wir Deutschen sind merkwürdige Leute. Nicht etwa, daß wir uns ruhig gestehen: auch wir wollen uns einmal ausruhen und leichte Bücher lesen, auch wohl ruhig einmal einen richtigen Quark – das ist kein Mann, der nicht aus vollen Kräften banal sein kann – nein, wenn wirs schon tun, dann lügen wir uns irgend ein Brimborium darum herummer.

1, 319

Der Apparat ist ein Automat: innen ist ein Räderwerk von Verfügungen, oben wirft man bescheidentlich ein Gesuch hinein, und unten fällt etwas heraus: in der Regel eine Dummheit.

1, 337

Der Berliner kann sich nicht unterhalten. Manchmal sieht man zwei Leute miteinander sprechen, aber sie unterhalten sich nicht, sondern sie sprechen nur ihre Monologe gegeneinander. Die Berliner können auch nicht zuhören. Sie warten nur ganz gespannt, bis der andere aufgehört hat, zu reden, und dann haken sie ein.

2, 130

Wer nicht einen nationalen Bierbauch bayerischer Provenienz hat, ist ein »Fremder«.

3, 10

Es waren einmal ein Schwede und ein Däne, die hatten einander so lieb. Das kam aber daher, daß sie gemeinschaftlich auf einen Norweger schimpften.

3, 419

In einer amerikanischen Damengesellschaft wurde einmal das Elend einer gewissen Arbeiterklasse erwähnt. »Ich glaube nicht, daß sie Hunger haben«, sagte eine Amerikanerin. »Wir haben nie davon gesprochen!«

3, 419

Ein Fremder saß am Lido und blickte träumerisch in die glutenden Abendgluten der Lagunen. Gut. Da tippte ihm jemand von hinten auf die Schulter. Und als er sich jäh umwandte, da stand vor ihm ein herrlich schöner Jüngling, der deutete mit der Rechten auf das Wasser und sagte erklärend: »Il mare!« Und hielt die Linke bittend hingestreckt.

3, 420

Die Dänen sind geiziger als die Italiener. Die spanischen Frauen geben sich leichter der verbotenen Liebe hin als die deutschen. Alle Letten stehlen. Alle Bulgaren riechen schlecht. Rumänen sind tapferer als Franzosen. Russen unterschlagen Geld. Das ist alles nicht wahr – wird aber im nächsten Kriege gedruckt zu lesen sein.

3, 512

Die Amerikaner sind wenigstens oberflächlich, suchen und bekommen ihre Sensation, und aus ists.

3, 528

Deutsch sein heißt eine Sache um ihrer selbst willen tun.

4, 283

Bei deutschen Zwischenfällen hat man immer das Gefühl, als seien sie nur Anlaß zur Entladung aufgespeicherter Energien, die nur darauf gewartet hätten, herauszupuffen. Die Deutschen sind mit Offensivgeist getränkt. Der Aufwand an Radau steht meist in gar keinem Verhältnis zur Sache – aber das Prinzip, das Prinzip muß durchgefochten werden.

4, 441

Die Engländer wollen etwas zum Lesen, die Franzosen etwas zum Schmecken, die Deutschen etwas zum Nachdenken.

4, 354

In Europa ist viel über den Krieg nachgedacht worden.

Die Engländer taten es vorher, die Franzosen während des Krieges, die Deutschen nachher.

4, 364

Die Nationen wurden aufgefordert, einen Kreis zu zeichnen.

Der Amerikaner trat an mit einer Kreiszeichnungsmaschine, the biggest of the world; der Engländer zeichnete freihändig einen fast einwandfreien Kreis, der Franzose ein reichgeschmücktes Oval, der Österreicher sagte: »Gehns – mir wern uns do net herstelln« und pauste den englischen Kreis durch. Die Deutschen lieferten ein Tausendundsechsundneunzig-Eck, das fast wie ein Kreis aussah, es war aber keiner.

4, 364

Nach dem Sündenfall vergißt der Franzose eine Frau, der Engländer heiratet sie, der Rumäne verschafft ihr einen Mann, der Deutsche fängt einen Prozeß mit ihr an, und der Amerikaner heiratet sie vorher.

4, 365

Und wie viele Deutsche im Leben unendlich weit von Humanität entfernt sind, weil sie glauben, Menschlichkeit und Sentimentalität sei eins, das merken wir erst im Ausland.

4, 443

Und weil es ein altes soziologisches Gesetz ist, daß man Näherstehende viel mehr haßt als Fremde, die jenen gegenüber fast sympathisch erscheinen –: so hassen Rumänen die Österreicher, haben aber nichts gegen die Reichsdeutschen, und so verachten die Leute aus Barèges die, so ein Tal weiter wohnen, haben aber nichts gegen die durchreisenden Engländer. Aus verschiedenen Gründen, versteht sich.

5, 105

Die tiefe Unsicherheit gewisser berliner Typen, die um Gottes willen auch nicht um eine Nasenlänge hinter dem garantiert Modernsten zurückbleiben wollen, denen beim Lauf um das Arriviertsein die Zunge aus dem Maule hängt – wie kläglich ist das mit anzusehn! Und noch, wenn sie nach Tibet reisen, so tun sies vor allem in dem wonnevollen Gefühl, daß die Konkurrenz noch nicht da war, und Konkurrenz ist jeder. Nur nicht hinten liegen!

5, 138

Und immer, wenn ich die eiligen, hetzenden und drängenden Berliner sehe, wie sie emsig und hart um sich blicken, daß auch ja keiner mehr habe als ihm zusteht, also, als sie selbst besitzen: dann fällt mir jener alte Mann ein, der vom Fenster seiner Parterrewohnung aus die Leute in der Gasse narrte: »Am Neuen Tor läuft ein Lachs!« Und er schmunzelte nicht schlecht in seinen Bart, als sie davoneilten, den laufenden Lachs zu sehen. Als aber die Gasse schwarz war von Schwatzenden und Drängenden, da wurde ihm nachdenklich zumute, und er sah seinen Spazierstock an und ergriff ihn und sprach: »Vielleicht läuft doch ein Lachs –?« Und schon stand er auf der Gasse.

5, 140f

(...) es ist ein bemerkenswerter deutscher Aberglaube, eine Sache damit zu entschuldigen, daß man ihren technischen Hergang erklärt.

5, 202

In Ungarn ist jeder fünfte Mensch ein Beamter. Das heißt: Ein Fünftel Ungarn lebt von den vier andern Fünfteln, sich mühselig eine Arbeit schaffend, die ursprünglich gar nicht vorhanden gewesen ist.

6, 272

Ein Mann fiel vom Mond. Die Deutschen legten ihn auf die rechte Straßenseite; die Franzosen fragten: »Vous venez de la part de qui –?«; die Italiener zogen sich scheu zurück, denn sie hielten ihn für einen Spitzel Mussolinis; die Dänin beschnupperte ihn und sagte: »Ist er nicht der geschiedene Mann von Frau Johannsen –?« Hierauf begab sich der Mann wieder zum Mond zurück.

8, 147f

Wenn man nach fünftägiger Bekanntschaft zu einem Menschen sagt: »Sie haben etwa den und den Charakter – also werden Sie wohl das und das Schicksal haben«: das glaubt er nicht.

Wenn man ihm aber dasselbe aus der Hand weissagt: das glaubt er.

8, 236

Amerikaner pflegen sich bei Grippe Umschläge mit heißem Schwedenpunsch zu machen; Italiener halten den rechten Arm längere Zeit in gestreckter Richtung in die Höhe; Franzosen ignorieren die Grippe so, wie sie den Winter ignorieren, und die Wiener machen ein Feuilleton aus dem jeweiligen Krankheitsfall. Wir Deutsche aber behandeln die Sache methodisch:

Wir legen uns erst ins Bett, bekommen dann die Grippe und stehen nur auf, wenn wir wirklich hohes Fieber haben: dann müssen wir dringend in die Stadt, um etwas zu erledigen. Ein Telefon am Bett von weiblichen Patienten zieht den Krankheitsverlauf in die Länge.

9, 127

Die meisten Antisemiten sagen viel mehr über sich selber aus als über ihren Gegner, den sie nicht kennen.

9, 300

Fix und fertig liegen die Phrasen in den Gehirnfächern, ein kleiner Anlaß, ein Kurzschluß der Gedanken, und heraus flitzt der Funke der Dummheit.

9, 321

Erst baut ihr euch ein Ding auf ein Postament, dann betet ihr es an, dann seid ihr stolz, daß ihr anbeten dürft, und verachtet die, die es nicht anbeten (...).

10, 23

Es ist der mitteleuropäische Herr, der alles auf der Welt diskutierbar findet, nur nicht seinen eignen Standpunkt. Der ist ihm so selbstverständlich; er kommt keinen Augenblick darauf, daß gerade der zur Debatte steht.

10, 27

Das darfst du in Deutschland keinem sagen. Einer, mit dem man lacht, wird leicht einer, über den man lacht. »Was kann denn das schon gewesen sein, wenn wir darüber gelacht haben!« Feierlich mußt du sein, triefend vor Wichtigkeit, geschwollen und von tierischem Ernst. Irgend ein General-Anzeiger schrieb neulich: »Kästner, Mehring und Tucholsky nehmen sich selbst nicht ernst, haben also auch kein Anrecht darauf, ernst genommen zu werden.« Dieses »also« ist der Grund, weshalb es so wenig deutsche Humoristen gibt.

10, 35

In Spanien gründeten sie einmal einen Tierschutzverein, der brauchte nötig Geld. Da veranstaltete er für seine Kassen einen großen Stierkampf.

10, 58

Der Pessimist. »Ich werde also eines Tages sterben. Natürlich – das kann auch nur mir passieren!«

10, 81

Ich persönlich freue mich immer, wenn ich auf das Wort »persönlich« stoße – ein zu dummes Wort. Manchmal wird es aus Bescheidenheit gebraucht; »ich persönlich« bedeutet dann: »ich für mein Teil, im Gegensatz zu andern, die vielleicht anders denken«, und manchmal wird es aus Wichtigtuerei gebraucht: »der Herr Präsident persönlich«.

Aber eine gradezu morgensternsche Anwendung dieses Wortes habe ich neulich in einer Anzeige gefunden. Die Besitzerin eines Schönheitssalons konnte nicht erscheinen, und daher sandte sie etwas. Nämlich ihre »persönliche Stellvertreterin«. Darüber kann man ganze Nächte nachdenken.

10, 107

Mir sind in dem Meer von Dummheit zwei Fische aufgefallen (...).

Q, 119

Noch niemals hat einer den andern mit Gründen überzeugt.

2, 54

*Ein offenes Wort*

Ich bin gewohnt, zu Lesern zu sprechen, die ein offnes Wort vertragen.

10, 81

Wir wissen wohl, daß man Ideale nicht verwirklichen kann, aber wir wissen auch, daß nichts auf der Welt ohne die Flamme des Ideals geschehen ist, geändert ist, gewirkt wurde. Und – das eben scheint unsern Gegnern eine Gefahr und ist auch eine – wir glauben nicht, daß die Flamme des Ideals nur dekorativ am Sternenhimmel zu leuchten hat, sondern sie muß hienieden brennen: brennen in den Kellerwinkeln, wo die Asseln hausen, und brennen auf den Palastdächern der Reichen, brennen in den Kirchen, wo man die alten Wunder rationalistisch verrät, und brennen bei den Wechslern, die aus ihrer Bude einen Tempel gemacht haben.

2, 56

Niemand kann aus seiner roten Weste heraus.

2, 428

Der Schmerz der Armen ist ein Pfeffer für die Reichen. Ein Weinen klingt unter der Erde, aber sie tanzen.

3, 316

Die falschen Staaten von Europa: England, Frankreich, Spanien, Italien, Ungarn, Preußen, Estland, Lettland, Rumänien, Bayern. Die Grenzen stehen fest. Die richtigen Staaten von Europa: Arbeitslose, Arbeitsmänner, Arbeitgeber und Nutznießer fremder Arbeit. Die Grenzen fließen.

3, 513

Die Anschauung, daß der Mensch um des Apparats willen da sei, ist hier sehr verbreitet, und sie gilt nur dann nicht, wenn es sich um die Klassen handelt, die davon profitieren.

WB, 2. 2. 1922

Nein, die Zeiten sind ernst, und wenn man das Ganze überblickt, hat man immer mehr das Gefühl: Die Leute bekommen ein »Quartier« zugewiesen, dazu die Möglichkeit, ihren Lebensunterhalt zu verdienen (oder auch nicht) – und nun hat der Deutsche seinen Teil dort abzuleben, wo man ihn hingesetzt hat.

WB, 2. 2. 1922

Ich halte es für einen Fehler, die Wahrheit aus »taktischen Gründen« zu verschleiern und nicht offen auszusprechen, was ist.

WB, 23. 10. 1924

Davon ist man jetzt eigentlich ganz abgekommen: Gutes zu tun. Es ist nicht modern.

Wohltätigkeit ist zwar nach Multatuli immer ein Zeichen dafür, daß etwas faul ist im Staate – und das ist auch richtig. Aber ich muß doch sagen, daß es mir heilsamer erscheint, bis zur endgültigen Lösung der sozialen Frage wenigstens persönlich etwas, ein klein wenig nur, für die Armen und Heruntergepolterten zu tun, als einfach die Hände in den Schoß zu legen.

WB, 24. 8. 1922

Man muß hören, wie bei uns der Oberkellner mit dem Unterkellner spricht, um zu ermessen, was noch zu tun bleibt.

5, 289

Übrigens ist zu sagen, daß diese lächerliche Überbetonung einer Selbstverständlichkeit: nämlich der Unbestechlichkeit, Ablenkung vom Wesentlichen ist. Keine Kindermißhandlung begangen zu haben, heißt noch nicht tugendhaft sein.

5, 203

Immer mehr zeigt sich, was wahre Kriegsursache ist: die Wirtschaft und der dumpfe Geisteszustand unaufgeklärter und aufgehetzter Massen.

5, 338

Man muß protestieren.

8, 208

Aber wohin muß sich das Mitleid mit der Menschheit flüchten? Wohin mit dem Schmerz über die Erde, über das, was sie aus unserm Leben machen?

6, 12

Vor Geistlichen darf man nicht Gott lästern. Vor Nationalen darf man nichts gegen das Vaterland sagen. Vor Kapitalisten nichts gegen die Nase der Börse, die tausend Nasen hat und keine ... Die Empfindungen könnten verletzt werden. Aber ich habe noch nie gehört, daß in Deutschland irgend etwas getan wird oder unterblieben ist, weil sich Pazifisten in ihren Empfindungen verletzt fühlen.

6, 33

Es erscheint mehr als fraglich, ob bei der Abwägung der Vorteile und des Strafrisikos, die in einem Gehirn vor Begehung der Tat stattfindet, die Existenz der Todesstrafe jemals eine ausschlaggebende Rolle gespielt hat.

6, 68

Stigma aller Unterdrückten: früh aufstehn zu müssen. Der bessere Herr erscheint um halb neun zur Arbeit, der feine um neun, der ganz feine um halb zehn. Man kann an ihren Uhren ablesen, was die Glocke geschlagen hat.

Gebt den Leuten mehr Schlaf – und sie werden wacher sein, wenn sie wach sind.

8, 27

Ihr fühlt die Not – aber ihr könnt sie nicht beheben, weil ihr ihre Quelle nicht sehen wollt.

8, 37

(...) sie halten mildübertünchte Korruption für Parlamentarismus, wirres Geschwätz aller für Selbstbestimmungsrecht, Ressortstank für Politik, Vereinsmeierei für Demokratie ...

8, 91

Ich kann nicht in den Chorus jener miteinstimmen, die in jedem kirchlich denkenden Menschen einen schwachsinnigen Reaktionär sehen; so einfach wollen wir uns den Kampf nicht machen.

8, 101

Ich glaube, daß man weiterkommt, wenn man die Wahrheit sagt.

5, 340

Eine der schauerlichsten Folgen der Arbeitslosigkeit ist wohl die, daß Arbeit als Gnade vergeben wird. Es ist wie im Kriege: wer die Butter hat, wird frech.

8, 251

Wir wissen alle, daß Autostraßen nötig sind; daß brave grüne Idyllen vernichtet werden müssen, wollen wir nicht in einem Naturschutzmuseum vegetieren; wir wissen, daß jede Zeit ihre Bedürfnisse hat, die alten Leuten immer ein wenig gotteslästerlich vorkommen –, soweit ist alles in Ordnung. Ich werde aber den Eindruck nicht los, als ob vieles, was heute in Deutschland auf diesem Gebiet geschieht, nur deshalb getan wird, damit etwas getan wird.

8, 319

Einen alten Baum umschlagen –, das ist eine Art Mord. Nun ist kein Leben ohne Tötung –, aber man mordet doch nicht zum Vergnügen, nur, um mit der Aufzeichnung der Mordprotokolle die Akten zu füllen. Doch, sie tuns. Sie haben nicht das leiseste Gefühl, daß das, was sie da zerstören, ein Stück Leben ist – es sind übrigens grade jene, die das Wort »Deutschland« ununterbrochen im Munde führen, die es am wenigsten spüren. Was aber ist Deutschland, wenn nicht seine Wiesen, seine Wälder, seine Flüsse und seine Bäume? Hier ist der Urgrund jedes Landes – damit geht man nicht so um, wie sie es tun.

8, 319f

Man kennt die ewige Melodie der Weltgeschichte: erst Hofhunde züchten, dann sie fürchten und ihnen dann gut zu fressen geben, damit sie jene beißen, die auch Futter haben wollen.

9, 130

Die Reichen werden, wenns gut geht, beten und den Armen etwas husten.

9, 133

Sage mir, wie ein Land mit seinen schlimmsten politischen Gegnern umgeht, und ich will dir sagen, was es für einen Kulturstandard hat (...).

9, 226

Das Fett, mit dem der mittlere deutsche Parteiführer das Wort »Berufsbeamtentum« ausspricht … wenn doch nur jeder Arbeitslose so viel Fett auf seinem Brot hätte!

9, 244

Fast jeder Unternehmer und besonders der kleinere ist nichts als der Verwalter von Bankschulden; gehts gut, dann trägt er den ungeheuern Zins ab, und gehts schief, dann legen die Banken ihre schwere Hand auf ihn, und es ist wie in Monte Carlo: die Bank verliert nicht. Und wenn sie wirklich einmal verliert, springt der Steuerzahler ein: also in der Hauptsache wieder Arbeiter und Angestellte.

9, 262

Für wen wird gelitten? Für wen gehungert? Für wen auf Bänken gepennt, während die Banken verdienen?

Für diese da. Es ist nicht so, daß sie sich mästen, das ist ein Wort für Volksversammlungen. Sie mästen den Götzen, sie sind selber nicht sehr glücklich dabei, sie führen ein Leben voller Angst, es ist ein Kapitalismus des schlechten Gewissens. Sie schwindeln sich vom Heute in das Morgen hinein, über viele Kinderleichen, über ausgemergelte Arbeitslose – aber das Werk, das Werk ist gerettet.

9, 262

Wofür kein Geld da ist, wissen wir. Für Löhne zum Beispiel. Diese schlechten Karikaturen eines epigonalen Kapitalismus suchen ihre Absatzmärkte lieber in der Mandschurei als zwischen der Elbe und der Oder. Da wohnt ein geduldiger Stamm, der wie die angespannten

Büffel für die gesamte übrige Welt arbeiten soll und auch arbeitet, und niemals für sich. Alle stellen etwas her, was sie selber nicht kaufen können; ihre Hungerlöhne reichen nicht. Und die Weisheit ihrer Antreiber kennt bei allen Krisen nur ein einziges Mittel, nur eines: die Löhne der Sklaven noch mehr herabzusetzen, immer wieder herabzusetzen. Wenn nur der Export garantiert ist.

9, 275

Wenn ein Kommunist arm ist, dann sagen die Leute, er sei neidisch. Gehört er dem mittleren Bürgertum an, dann sagen die Leute, er sei ein Idiot, denn er handele gegen seine eignen Interessen. Ist er aber reich, dann sagen sie, seine Lebensführung stehe nicht mit seinen Prinzipien im Einklang.

Worauf denn zu fragen wäre: Wann darf man eigentlich Kommunist sein –?

9, 309

Zu zeigen sind Auswege.

9, 327

Ich bin kein Kommunist, aber man könnte einer werden, wenn man den geistigen Zustand der europäischen Bourgeoisie betrachtet.

10, 69

Jede Glorifizierung eines Menschen, der im Kriege getötet worden ist, bedeutet drei Tote im nächsten Krieg.

10, 98

Wenn eine Firma für ihre Waren Reklame macht, sollte man sie immer fragen: »Bezahlt ihr eure Angestellten so, daß sie sich eure Waren kaufen können?« Und wenn sie dann antwortet: »Für unsre Angestellten sind unsre Fabrikate nicht bestimmt«, so sage man ihr: Andre Firmen bezahlen ihre Angestellten auch nicht besser, sondern genau so schlecht. Und so viel reiche Chefs gibt es nicht. Und was ihr treibt, ist Selbstmord: ihr ruiniert eure eigne Kundschaft. Ihr seid Fabrikanten für das Nichts. Wer hat bloß den Kaufleuten den Handel anvertraut! Das ist ein Jammer.

10, 107

Die Zensur ist der Schutz der Wenigen gegen die Vielen.

10, 74

(...) die Chefs können heute mit ihren Leuten so ziemlich machen, was sie wollen, vom Gehalt schon gar nicht zu reden. Arbeit als Gnade.

WB, 22. 3. 1932

Meine Abneigung gegen die Schinder ist viel größer als meine Liebe zu den Geschundenen – hier klafft eine Lücke.

Q, 326

Das Ziel ist fern. Aber es gibt eins.

2, 227

*Ja, so ist das*

Vor der Kausalität sind wir alle gleich.

1, 113

Es geht uns nicht gut. Wir haben hundert Dogmen der Reflexion, aber kaum eins des Handelns. Wir gleichen dem Tausendfüßler, der vor lauter Überlegung nicht mehr weiß, welches Bein er zuerst heben soll, und demgemäß stehen bleibt.

1, 195

(...) ein Tyrann ist nicht, wenn die Masse nicht geduldig stillhält.

1, 346

Blut kann nicht durch Blut gesühnt werden, das ist ein Wahn.

2, 99

Es scheint, daß Knechte einen Herrn brauchen.

2, 176

Wehe der Jugend, die nicht einmal in ihren Jahren umstürzlerisch gesinnt ist (...).

2, 178

Arbeite in diesem Land, und es fallen dir drei in den Arm, die dir zeigen, wie dus anders machen mußt – aber keiner, der dich unterstützt.

2, 211

Denn jedes Privileg ist in erster Linie eine Erniedrigung der anderen.

2, 403

Mit der Logik kann man alles beweisen.

2, 427

Der Durchschnittsleser erlebt die Welt so, wie sie ihm seine Zeitung vermittels großer und kleiner Schriftgrade ordnet.

3, 65

Amüsements sehen immer wie die Geschäfte aus, von denen man sich bei ihnen erholt. Diese Frauen und diese Lokale sind die Kehrseite der Valutawelt.

3, 119

Der Fachmann, der sein Gebiet betrachtet, gleicht fast immer dem Bewohner eines Gebirgsdörfchens: er hat von der schönen Aussicht nicht viel, weil er zu nah auf ihr draufsitzt. Der Fremde sieht mehr.

2, 379

Nun behauptet zwar die Sprache, man »schlucke den Ärger herunter« – aber das ist nicht wahr. Man schluckt nichts herunter. Im Augenblick darf man ja nicht antworten – dem Chef nicht, der Kollegin nicht, dem Portier nicht; es ist nicht ratsam, der andere bekommt mehr Gehalt, hat also recht. Aber alles kommt wieder – und zwar abends nach sechs.

3, 469

Die Welt zerfällt in groß und klein Gedrucktes.

WB, 16. 3. 1922

Daß ein Glasfabrikant keine Gesellschaftsordnung bejahen wird, in der das Glas für eine gotteslästerliche Sünde erklärt wird, ist glasklar (...).

4, 247

Woher denn vielleicht diese merkwürdige Gleichgültigkeit der arbeitslosen Klassen den feinern Postulaten der Kunst gegenüber herrührt; sie haben so gar kein Verständnis für die Adjektiva bei Proust!

4, 415

Ein französisches Verkehrshindernis erfordert von den Beteiligten weniger Nervenkraft als der deutsche glatt abgewickelte Verkehr.

4, 480

Im Dorf Gavarnie selbst fand sich ein Schild vor: »Zur Kirche, XVI. Jahrhundert«. Ah – wie gebildet! zur Kunstgeschichte gleich hier gradeaus ... In der Kirche stand ein Priester und erklärte einer Reisegesellschaft eine Sammelbüchse. »Diese Kasse ist für die Errichtung einer Madonna bestimmt, die hier stehen und Gavarnie gegen die Lawinen schützen soll.« Wer etwas geben wolle …? Spende man aber fünf Francs, so dürfe man sich in jenes goldne Buch eintragen. Alle spendeten, alle trugen ein. In der Ekke stand eine bescheidne Holzbüchse. Für die Armen. Keiner gab einen Sou.

5, 90

Menschen sind romantisch. Gegenstände sind es nicht. Die Romantik liegt im Auge des Beschauers.

5, 283

Je weniger die Leute besitzen, desto voller sind ihre Stuben.

5, 350

Es ist sehr schwer, aus Deutschland zu sein.

5, 379

(…) die Welt ist so reich.

6, 172

Es scheint wohl so zu sein, daß in Deutschland immer einer von zwein frech sein muß – dann ist der andere höflich.

6, 355

Deutschland zerfällt in Fachleute und Laien – jene blicken auf diese voller Verachtung herunter, und da jeder ein Mal Fachmann, neunundneunzig Mal hingegen Laie ist, so ergibt sich ein heftig bewegtes Gesellschaftsspiel, dessen Fruchtbarkeit geringer ist, als seine Veranstalter glauben. Es kommt bei diesem Spiel nicht viel heraus.

WB, 27. 8. 1929

So, wie es gegen Kopfschmerzen ein wirkliches Universalmittel gibt: nämlich starke Zahnschmerzen (...).

8, 10

Dichten ist: Gerichtstag halten über sich selbst; ich schieße auf einen Gegner, am besten, als wärs ein Stück von mir (...).

8, 55

Was alle tun, hebt sich auf.

Es ist wie mit den Autos; in der City New Yorks kommt man ja wohl schneller vom Platz, wenn man zu Fuß geht. Alle haben ein Auto –

*und nun hat keiner mehr ein Auto!*

8, 282

Kitsch ist das Echo der Kunst.

10, 105

Jeder, der kritisch tätig ist, sollte täglich dreimal dieses Gebet beten: Damit, daß du kritisierst, bist du dem Werk nicht überlegen; dadurch bist du ihm nicht überlegen; dadurch bist du ihm nicht überlegen. Es ist schon schlimm genug, daß es viele und durchaus nicht ungebildete Leser gibt, die dergleichen glauben; jeder schöngeistige Zahnarzt ist ernsthaft der Meinung, er sei dem Künstler über, weil er ihn ablehne, und noch im Lob liegt eine Anerkennung seiner selbst. Das ist eine Täuschung.

9, 113

(...) merkwürdig, daß alle billigen Dinge auf der Welt so schreiende Farben haben!

9, 240

(...) nichts kittet so aneinander wie gemeinschaftliches Arbeits-Erlebnis. Das kommt gleich nach der Liebe und nach der Gottbehüte Verwandtschaft.

9, 293

Komische Junge sind viel seltner als komische Alte.

10, 48

Merkwürdig, was dieselben zweitausend Menschen zu gleicher Zeit sein können: unsre tapfern Krieger; Mob; Volksgenossen; verhetzte Kleinbürger. Wie man eine Masse anspricht, so fühlt sie sich.

10, 49

Für die kleinen Nöte des Lebens ist unser Apparat nicht geschaffen; dazu ist er zu sehr Selbstzweck. Ärzte und Rechtsanwälte machen gewaltige Fortschritte, aber mit einer Forderung von 46,50 Reichsmark und mit einem Schnupfen bist du doch immer der Dumme.

10, 58

Den fortschrittslüsternen Ingenieur, der sich in sein Auto Radio einbauen läßt, kann man nur besiegen, wenn man mit einer neuen positiven Sache kommt. Christus, Buddha, Mohammed – sie waren alle positiv und haben damit das ihnen Negative schlagen können, wenigstens stückweis geistig.

Q, 156

Es hat eben nur einen vollkommenen Christen gegeben. Ein bißchen wenig.

Q, 161

Nichts als Pazifist zu sein – das ist ungefähr so, wie wenn ein Hautarzt sagt: »Ich bin gegen Pickel.« Damit heilt man nicht. Ich weiß Bescheid, denn ich habe diese Irrtümer hinter mir.

Q, 182

Es sind nicht die besten Bauern, die sich zum Bürgermeister wählen lassen – die haben nämlich keine Zeit dazu.

Q, 253

Die Spurenweite für die Bahnen Europas sollte einheitlich sein; das Maß-System auch. Aber nichts darüber hinaus.

Q, 266

Für Geld kann man sich alles kaufen, sogar Moral; grade Moral.

8, 297

*Wann eigentlich, wenn nicht jetzt?*

Den meisten Leuten sollte man in ihr Wappen schreiben: Wann eigentlich, wenn nicht jetzt?

10, 82

Wir wollen uns Erinnerungen machen, die Funken sprühen! Wir haben alles voraus – heute! Mögen die in den Gräbern die Fäuste schütteln, mögen die Ungeborenen lächeln – wir *sind!* Alle sollen freudig sein! Kämpfen – aber mit Freuden! – Dreinhauen – aber mit Lachen! Mädchen, was zieht ihr mit Ketten schwer beladen einher? – Schüttelt sie ab. Sie sind leicht! – Sie sind hohl! – Tanzt, tanzt! –

1, 71

Es ist eine ganze Philosophie, dieses »Wir hätten sollen …« – Und es ist eine billige, eine unterhaltsame, und eine nicht zu widerlegende Philosophie. Klappt nicht alles ganz wundervoll, wenn man es sich hinterher ausdenkt?

2, 163

Hat es einen Wert, die Zeit anzuhalten? Ist es nicht viel, viel schöner, die Zeit auskosten zu müssen, hastig, gierig, schlürfend – weil man Angst hat, daß sie zerrinnt und verfliegt? Besteht nicht darin der Wert aller großen und kleinen Freuden, daß sie vergänglich sind?

2, 128

Man muß doch leben … Lebt ihr?

2, 388

Die Erinnerung: das ist ja doch das Schönste.

3, 329

Und alle Lebenden haben Unrecht vor einem Toten.

3, 333

Ich habe gewartet. Ich habe ganz still gewartet. Wissen Sie: wenn man wartet, kommt man sehr oft viel schneller vorwärts als die Drängler. Man muß nur die Geduld haben. Denn was fangen die Hastigen schließlich mit ihren erhetzten zehn Minuten an? Sie kommen die paar Pulsschläge früher zum Sekt, auf die Bahn, an den bierigen Stammtisch, ins Bett. »Da wird he nicht klüger von«, sagen die Plattdeutschen.

3, 341

Wer die Enge seiner Heimat ermessen will, reise. Wer die Enge seiner Zeit ermessen will, studiere Geschichte.

4, 422

In fünfzig Jahren ist alles vorbei – und spätestens in hundert. Unsterblichkeit …? Glaubs nicht. Schwör sie ab. Laß sie unsterblich werden, alle miteinander. Für dich gibt es nur ein Wort, wenn du weise bist, es richtig auszusprechen.

Heute.

4, 147

Ach, ewig ist so lang!« sagt ein alter Spruch.

5, 307

Zeit, du lautloser Gott! Und wenn einer sich zum Eremiten machte und in einer Höhle die Sünden der Vorväter abbüßte –: dem kann er nicht entrinnen.

5, 346

Wenn wir was brauchen, dann haben wirs nicht;
und wenn wir es kriegen, dann wollen wirs nicht.
Lieber Gott! sei doch nur einmal gescheit
und gib uns die Dinge zu ihrer Zeit –!

7, 208

Vielleicht ist es deshalb so schwer, zu sterben, weil niemand einen letzten Tag ertragen kann. Er ist aber gar nicht so schwer zu ertragen. Wenn es am besten schmeckt, soll man aufhören. Was dann kommt …

Nichts ist so schön wie der letzte Tag.

8, 200

Einmal hatte es ein Deutscher sehr eilig in Paris, als er bei Tisch saß, und er sagte das auch dem Kellner … Darauf jener: »Wenn Sie keine Zeit haben, dann müssen Sie nicht frühstücken –!« Das ist eine Lebensweisheit.

8, 177

Vielleicht gehört eine große geistige Überlegenheit dazu, aus diesem traurigen Trott des Geschäftes herauszukommen und auch einmal ein bißchen weiterzublicken als grade bis zum nächsten Ultimo.

9, 261

Mit dem Tode ist alles aus. Auch der Tod –?

9, 324

Lausch deinem innern Klange (...).

9, 326

(...) wenn es wild zugeht, soll man immer erst einmal bis hundert zählen oder einen Kaffee trinken.

9, 85

Kurzes Glück kann jeder. Und kurzes Glück: es ist wohl kein andres denkbar, hienieden.

9, 93

Das merkwürdigste ist«, sagte ich, »zu denken, daß man dies oder jenes zum letztenmal in seinem Leben getan hat. Einmal muß es doch das letztemal gewesen sein. Am vierzehnten Februar eines Jahres hat man zum letztenmal ein Automobil bestiegen ... Und man ahnt das natürlich nicht. Finales gibt es ja doch nur in den Opern. Man steigt ganz gemütlich in ein Automobil, fährt, steigt aus – und weiß nicht, daß es das letztemal gewesen sein soll. Denn dann kam vielleicht die Krankheit, die lange Bettlägerigkeit ... nie wieder ein Automobil. Zum letztenmal in seinem Leben Sauerkraut gegessen. Zum letztenmal: telefoniert. Zum letztenmal: geliebt. Zum letztenmal: Goethe gelesen. Vielleicht lange Jahre vor dem Tode. Und man weiß es nicht.«

10, 123

Die Leute blicken immer so verächtlich auf vergangene Zeiten, weil die dies und jenes »noch« nicht besaßen, was wir heute besitzen. Aber dabei setzen sie stillschweigend voraus, daß die neuere Epoche alles das habe, was man früher gehabt hat, plus dem Neuen. Das ist ein Denkfehler.

Es ist nicht nur vieles hinzugekommen. Es ist auch vieles verloren gegangen, im guten und im bösen. Die von damals hatten vieles noch nicht. Aber wir haben vieles nicht mehr.

10, 98

Schlange vor dem Schalter. Alles geht, wenn auch langsam, so doch regelmäßig; du ruckst voran. Bis der Mann vor dir herankommt. Der Mann vor dir macht stets ungeahnte Schwierigkeiten, er will Herrn Eisenbahn persönlich sprechen und braucht für sich allein so viel Zeit wie alle andern Vormänner zusammen. So ist das Leben.

10, 103

In jeder Zeit sitzt einer und hat sie bis zum Hals herauf satt.

10, 182

Erwarte nichts. Heute: das ist dein Leben.

9, 289

*Ernst beiseite*

Hering ist gut. Schlagsahne ist gut. Wie gut muß erst Hering mit Schlagsahne sein –!

4, 252

Ich will den Gänsekiel in die schwarze Flut tauchen. Ich will einen Roman schreiben. Schöne, wahre Menschen sollen auf den Höhen des Lebens wandeln, auf ihrem offenen Antlitz soll sich die Freiheit widerspiegeln …

Nein. Ich will ein lyrisches Gedicht schreiben. Meine Seele werde ich auf sammetgrünem Flanell betten, und meine Sorgen werden kreischend von dannen ziehen …

Nein. Ich will eine Ballade schreiben. Der Held soll auf blumiger Au mit den Riesen kämpfen, und wenn die Strahlen des Mondes auf seine schöne Prinzessin fallen, dann …

Ich will den Gänsekiel in die schwarze Flut tauchen. Ich werde meinem Onkel schreiben, daß ich Geld brauche.

1, 39

Der Sonntag ist abstrakt, die Woche aber konkret und nahrhaft (…).

1, 265

(…) auch Schaukelpferde fühlen wie du den Schmerz!

2, 62

Raum ist in der kleinsten Villa – aber eine Villa muß es sein.

2, 153

In Ungarn lebte einmal ein Mann, der war dafür berühmt, daß er noch nie berühmt war.

3, 419

Als ein Pole einst allein im Bett lag, log er sich etwas vor.

3, 419

Ein guter Popo ist ein sanftes Ruhekissen.

4, 481

Mensch, wenn du so lang wärst wie de dumm bist, könntste aus der Dachrinne saufen!

5, 225

Es kann der Beste nicht im Nachbarn leben,
wenn es dem bösen Frieden nicht gefällt.«

6, 134

Lieber arm und reich, als jung und alt.

7, 221

Unten vor dem Haus des Philosophen lag ein einsames Gebiß. Schaum haftete den Zähnen an, Zeichen von Ohnmacht und Wut. Mit dem Fuß stieß ich es beiseite. So haben wir uns den kategorischen Imperativ immer vorgestellt.

7, 286

Sie sprach so viel, daß ihre Zuhörer davon heiser wurden.

9, 213

(...) die Kellner der Bierabteilung schwitzen und die der Weinabteilung transpirieren (...).

7, 304

Sie sieht aus wie die Weinabteilung eines Bierrestaurants.

8, 72

Sie bewies mit unerhörter Raffinesse ihre bravouröse Charmanz.

8, 72

In einem medizinischen Prüfungskollegium saß einmal ein Zoologe, der war dafür berüchtigt, nur über sein Spezialfach, die Würmer, zu prüfen. Eines Tages aber stieß ihn der Bock, und er fragte einen nichtsahnenden Kandidaten etwas von den Elefanten. »Der Elefant«, sagte der Kandidat nach kurzem Nachdenken, »frißt so gut wie gar keine Würmer. Die Würmer ...«

8, 101

Entweder du liest eine Frau, oder du umarmst ein Buch, beides zugleich geht nicht.

8, 116

Der schwedische Zeichner Albert Engström hat von einer seiner Figuren gesagt: Er schielte so, daß er mittwochs beide Sonntage zu gleicher Zeit sah.

8, 147

Wirklich, ich habe ein Pech ... Kommt schon mal ne leere Droschke, dann sitzt einer drin!

8, 157

Im Bett soll man nur leichte und unterhaltende Lektüre zu sich nehmen sowie spannende und beruhigende, ferner ganz schwere, wissenschaftliche und frivole sowie mittelschwere und jede sonstige, andere Arten aber nicht.

Dann lesen die Leute ihre Bücher nach dem Sonntagessen – man kann in etwa zwei bis zweieinhalb Stunden bequem vierhundert Seiten verschlafen.

8, 173

(...) alles, was man sehn will (...) findet immer grade in dem Monat statt, wo man nicht da ist ...

9, 38

Salzflecke werden gereinigt, indem man Rotwein darüber gießt« (...).

9, 81

Wenn ein Loch zugestopft wird: wo bleibt es dann? Drückt es sich seitwärts in die Materie? oder läuft es zu einem andern Loch, um ihm sein Leid zu klagen – wo bleibt das zugestopfte Loch? Niemand weiß das: unser Wissen hat hier eines.

9, 153

Bei Grippe muß unter allen Umständen das Bett gehütet werden – es braucht nicht das eigene zu sein.

9, 126

Manche Gegenstände werden durch ein einziges Löchlein entwertet; weil an einer Stelle von ihnen etwas nicht ist, gilt nun das ganze übrige nichts mehr. Beispiele: ein Fahrschein, eine Jungfrau und ein Luftballon.

9, 153

Ich reiste im Traum nach Kottbus und ließ dortselbst meine Handtasche stehen. Jetzt muß ich zurückträumen und sie holen.

9, 212

Erika ist ein bißchen lang geraten – sie weiß es und sie ist sehr unglücklich darüber. Es sind genau acht Zentimeter zu viel.

Wie habe ich ihr schon gut zugeredet! Um sie zu trösten, habe ich ihr die Geschichte von der langen Dame erzählt, die im Parkett sitzt, und die Leute hinter ihr rufen: »Setzen! Setzen!« – Empört steht sie auf, um die Rufer zur Ruhe zu verweisen, da schreit einer: »Jetzt steigt det Aas noch uff de Banke!« – Tröstet sie nicht.

Dann habe ich ihr erzählt, wie eine andere lange Dame an einer Gartenhecke vorbeiging und den Gärtner im Garten fragte, wo es denn nach Adlershorst gehe. »Da reiten Sie nur immer geradeaus …« sagte der Gärtner. Tröstet sie auch nicht.

9, 236

Gin ist ein entfernter Stiefzwilling von Genever – und was Whisky ist, weiß jeder bessere Herr. Und weil mein Whisky immer in diesen langen Flaschen wohnt, in denen man ihn kauft, so beschloß ich, diese grüne Flasche, die, wie man sofort sehen konnte, mit Vornamen Emilie hieß, käuflich zu erwerben. Hinein.

Die Engländer haben eine unsterbliche Seele und schrecklich unregelmäßige Verben. Ich sagte einen Spruch auf – wenn das mein englischer Lehrer gehört hätte, hätte er mich bestimmt hinter die Ohren gehauen. Aber der Verkäufer verstand mich, er sagte viel, was ich verstand, und noch einiges, was ich nicht verstand – diese Engländer haben manchmal so einen komischen Akzent, wie? Und nun begann der Handel.

Sehr teuer war die Flasche nicht. (»Was hast du gegeben? Mich interessiert das nämlich, ich habe nämlich meinem Mann auch so eine Flasche …« – Sei doch mal still. Du immer mit deinen Zahlen!) Teuer war sie nicht. Aber, aber:

Diese Whisky-Flasche war nicht allein zu haben. Sie war ein Illing – man mußte die Gin-Flasche dazu kaufen. »Warum –?« fragte ich den Mann. (Dies war der einzige ganz richtige Satz, den ich in dieser Unterhaltung von mir gegeben habe.) Warum –? Und da gab der Mann mir eine Antwort, die so schön war, daß ich sie hier aufschreiben muß, eine Antwort, mit der man ungefähr halb England erklären kann, wenn es einen danach gelüstet. Man hätte denken können, er werde antworten: weil ich die andere nicht allein verkaufen kann. Oder: weil ich dann mehr verdiene. Oder: Diese beiden Flaschen und diese sechs

Gläser und dieses Tablett bilden eine Garnitur … ich kann sie nicht auseinanderreißen. Nichts davon – Gläser und Tablett waren ja auch gar nicht da. Der Mann sagte:

»Because they were always together.« Weil sie immer zusammen waren.

In dieser Antwort ist alles, was im Engländer ist: die unverrückbare Festigkeit, mit der Gefügtes stehen bleibt, bis es von selber einfällt, zum Beispiel. Because they were always together.

9, 243

Im Departement du Gard – ganz richtig, da, wo Nîmes liegt und der Pont du Gard: im südlichen Frankreich – da saß in einem Postbüro ein älteres Fräulein als Beamtin, die hatte eine böse Angewohnheit: sie machte ein bißchen die Briefe auf und las sie. Das wußte alle Welt. Aber wie das so in Frankreich geht: Concierge, Telefon und Post, das sind geheiligte Institutionen, und daran kann man schon rühren, aber daran darf man nicht rühren, und so tut es denn auch keiner.

Das Fräulein also las die Briefe und bereitete mit ihren Indiskretionen den Leuten manchen Kummer.

Im Departement wohnte auf einem schönen Schlosse ein kluger Graf. Grafen sind manchmal klug, in Frankreich. Und dieser Graf tat eines Tages folgendes:

Er bestellte sich einen Gerichtsvollzieher auf das Schloß und schrieb in seiner Gegenwart an einen Freund:

Lieber Freund!
Da ich weiß, daß das Postfräulein Emilie Dupont dauernd unsre Briefe öffnet und sie liest, weil sie vor lauter Neugier platzt, so sende ich Dir anliegend, um ihr einmal das Handwerk zu legen, einen lebendigen Floh.
Mit vielen schönen Grüßen Graf Koks

Und diesen Brief verschloß er in Gegenwart des Gerichtsvollziehers. Er legte aber keinen Floh hinein.

Als der Brief ankam, war einer drin.

10, 7

Deutsche, kauft deutsche Zitronen!

10, 15

Man achte immer auf Qualität. Ein Sarg zum Beispiel muß fürs Leben halten.

10, 20

Die dunkle Stelle der Nasenlöcher in einem Gesicht zeigt an, was für eine Luft im Schlafzimmer des Menschen ist. Dieser Satz läßt sich nicht begründen; er ist aber wahr.

10, 49

Chaplin hat Hitler um leihweise Hergabe seines Schnurrbarts gebeten. Die Verhandlungen dauern an.

10, 52

Ich höre sie bis hierher mit den Achseln zucken (...).

Q, 124

Man sollte gar nicht glauben, wie gut man auch ohne die Erfindungen des Jahres 2500 auskommen kann!

10, 57

Warum kann einem ein andrer den Hut nie richtig aufsetzen? Immer müssen wir noch mal dran ruckeln.

10, 68

Zu einem ganz strengen, ganz bösen Mann am Fahrkartenschalter möchte ich immer sagen: »Na, was haben Sie denn so für Billetts –?«

10, 82

Im Kriege habe ich einmal diesen Satz gehört: »Die Bohnensuppe ist das Klavier des kleinen Mannes.«

10, 82

Wenn der Soldat zwei Befehle bekommt, die einander widersprechen, so soll er den Befehl ausführen, der dem andern am wenigsten widerspricht.«

Q, 157

Einer allein kann das gar nicht glauben.

9, 97

# Nachwort

»Kurt Tucholsky, ein kleiner dicker Berliner, wollte mit einer Schreibmaschine eine Katastrophe aufhalten.« Treffender als mit dieser Bemerkung Erich Kästners kann man es wohl kaum sagen. Denn Tucholsky schreibt in der Tat nicht etwa, um Erfolg zu haben oder um berühmt zu werden, nein, er wirft seinen Speer in die Sonne: »Ich schreibe, um eine Welt zu verändern.«

Zweifellos eine Herkulesarbeit, denn es geht Tucholsky dabei nicht nur um den Kampf gegen ungerechtfertigte Privilegien machtbesessener Juristen, hochmütiger Offiziere und anmaßender Beamter, es geht ihm vielmehr darum, und das macht seinen bleibenden Wert aus, für ein menschenwürdiges Leben zu kämpfen. Wie wenige in seiner Zeit ist er sich darüber im klaren, daß es nicht damit getan ist, Herrschaftsverhältnisse zu verändern. Sein Engagement für die Linke ist eindeutig, aber er betrachtet und analysiert die Welt nicht vorwiegend als Parteigänger einer politischen Richtung; er betrachtet sie als Mensch und zwar »mit allen fünf Sinnen«. Sensibel registriert er seine Umwelt und schafft im Zeitraum von weniger als zwanzig Jahren ein Werk, das die ganze bunte Vielfalt des menschlichen Lebens enthält.

Diese Vielfalt in seinen Schriften aufzuzeigen war das Anliegen dieses Buches. Es versammelt die Gedanken des Kritikers ungerechter Zustände ebenso wie die des Liebhabers, des Reisenden, des Menschen Tucholsky, der sich, wie jeder andere, mit den Problemen des Alltags herumschlagen muß. Vor allem aber kommt hier der Humanist Tucholsky zu Wort, denn die Stellungnahme für die Menschen, für das Leben macht das eigentliche Wesen seines Schaffens aus. Egal, ob er über politische Schandtaten, neureiche Großmäuler, defekte Wasserhähne, lärmende Hunde, französische Rotweine oder verliebte Frauen und Männer schreibt, immer sind die Menschen, ihr Leben und Leiden, Ausgangspunkt und Ziel seines Engagements.

Aber es ist nicht nur dieser Humanismus, mit dem er uns für sich begeistert. Denn wenn sich »Tucho«, wie er private Briefe unterschrieb und wie Freunde ihn gelegentlich nannten, inzwischen weit über die Kreise von Satireliebhabern hinaus enormer Popularität erfreut, so hat das mindestens drei weitere Gründe: Da ist zunächst sein messerscharfer analytischer Verstand, mit dem er uns im Handumdrehen die große Politik in das »kleine Leben« übersetzt, das wir alle kennen. Und da ist noch viel mehr seine stilistische Meisterschaft, die die Lektüre seiner Schriften zu einem Vergnügen werden läßt. Was aber wohl am allerwichtigsten ist und was ihn bis heute zu einem so beliebten Schriftsteller macht, ist sein Humor.

Humor bei Tucholsky, das ist keine Sache des Witzereißens und Schenkelklopfens; er ist eine Waffe. Sein Witz dringt in die Gesellschaft ein, spürt zielsicher ihre Widersprüche auf und liefert so noch die größten Autoritäten einem befreienden Gelächter aus. Humor, das kann man bei Tucholsky lernen, ist eine generelle Haltung dem Leben gegenüber, ein probates Mittel, sich von Problemen aller Art nicht unterkriegen zu lassen. Sein Humor ist unmittelbare Lebenshilfe und so gesehen seine allergrößte Lebensweisheit.

Diese Fähigkeit Tucholskys, Dinge prägnant zu formulieren und voller Witz auf den Punkt zu bringen, legte es natürlich nahe, einen Aphorismenband zusammenzustellen, der die Perlen seines Werks beinhaltet. Angesichts der beinahe dreitausend erschienen Artikel und Gedichte war dies sowohl Herausforderung als auch Vergnügen, denn die Arbeit glich einem Gang in den Wald in einem guten Pilzjahr: Man hat nicht nur die Freude des Findens, sondern kehrt auch noch mit vollem Korb zurück.

Es entstand so ein durchaus unterhaltsames und hilfreiches Buch, das die Gedanken eines Schriftstellers zugänglich macht, dessen Denkansatz für uns heute nicht das Geringste an Aktualität eingebüßt hat.

Geboren wird Tucholsky 1890 in Berlin als ältester Sohn einer gutbürgerlichen Familie. Sein Vater ist einer der Direktoren eines großen Berliner Bankhauses. Er ist liberal und unpolitisch. Er liest viel und gerne, vor allem Heinrich Heine, er spielt gut Klavier und verfaßt humoristische Gelegenheitsgedichte, und der junge Tucholsky bemüht sich, ihn in all diesen Dingen nachzuahmen.

Seine Schulzeit ist überschattet vom frühen Tod des geliebten Vaters. Ohnehin nur ein durchschnittlicher Schüler bleibt »des Jahrhunderts größter Feuilletonist« (Reich-Ranicki) 1907 wegen einer mangelhaften Note ausgerechnet in Deutsch sitzen. 1909 legt er das Abitur ab. Kurz darauf beginnt er ein juristisches Studium, das er 1915 mit einer Promotion abschließt.

Es ist dies allerdings nur eine Seite Tucholskys, denn mehr als zur Juristerei fühlt er sich zur Kunst, zum Theater, zur Literatur hingezogen. Was er eigentlich will, ist schreiben. Bereits 1907 veröffentlicht er im ›Ulk‹ zwei kurze Humoresken. Ab 1911 erscheinen Glossen und Gedichte im ›Vorwärts‹, parallel dazu im ›Pan‹, im ›Simplicissimus‹ und im ›März‹.

1913 schreibt er einen ersten Roman: ›Rheinsberg – Ein Bilderbuch für Verliebte‹. Jenseits von Kitsch oder Dramatik der damals üblichen Liebesromane schildert er die Ferien zweier Verliebter mit Ironie und in einer lebendigen Sprache und er hat Erfolg damit: bis 1931 werden hunderttausend Exemplare verkauft.

Jetzt gibt es in literarischer Hinsicht nur noch eine Hürde. Nach längerem Zögern schickt er einen Artikel an Siegfried Jacobsohns ›Schaubühne‹, der führenden Zeitschrift für Theater, Kunst und Literatur. Sein Beitrag wird sofort abgedruckt, und bis zum Krieg erscheinen weit über hundert weitere, die er unter den Pseudonymen Peter Panter, Ignaz Wrobel, Theobald Tiger, später noch unter Kaspar Hauser veröffentlicht.

Tucholsky arbeitet viel und er arbeitet akribisch, obwohl er sich die Sache leichter machen könnte. Denn mit seiner Volljährigkeit kann er über ein nicht unbeträchtliches Erbe verfügen. Seinen journalistischen Ambitionen aber genügt es nicht, herkömmliche Feuilletons zu produzieren. Vielmehr entwickelt er sich immer deutlicher zu einem Ankläger der Machtverhältnisse und derer, die sie zu verantworten haben. Sein Mittel hierzu ist die Satire.

Sein Engagement verstärkt sich, als er nach Abschluß

der Promotion zum Militärdienst eingezogen wird. Unter den Eindrücken des Krieges wandelt sich der kritische Satiriker Tucholsky zu einem eindeutig politisch Denkenden. Humanismus und Pazifismus radikalisieren sich in den Jahren zwischen 1914 und 1918. Sie werden zu den dominanten Faktoren seines politischen Journalismus. Er will nun nicht mehr nur die Gesellschaft mit seinem Spott übergießen, er will dazu beitragen, die verkommenen deutschen Zustände zu verbessern.

Eine Möglichkeit hierzu sieht er, als ihm der ›Ulk‹, immerhin eine Zeitschrift mit mehr als einer halben Million Auflage, 1918 den Posten des Chefredakteurs anbietet. Obwohl er die Gefahr sieht, hier nur »halbe Satire« machen zu können, nimmt er an, kündigt aber nach fünfzehn Monaten, als er nach einer gerichtlichen Auseinandersetzung den Rückhalt seines Verlegers verliert. In den folgenden Jahren arbeitet er für die Feuilletons des ›Berliner Tageblatts‹, der ›Berliner Volkszeitung‹ und nach der Annäherung an die USPD für deren Presseorgan, die ›Freiheit‹.

Es kommt ein neuartiges Betätigungsfeld hinzu, das ganz nach seinem Geschmack ist: die Berliner Kabarettszene wird auf seine Gedichte aufmerksam. Tucholsky schreibt Texte zu Liedern und Chansons, die u. a. von Friedrich Hollaender vertont und mit einigem Erfolg auf Schallplatten verbreitet werden.

Die ›Schaubühne‹, die sich ab 1918 auf seine Anregung hin ›Weltbühne‹ nennt, aber bleibt nicht nur sein wichtigstes Standbein, sondern auch seine politische Heimat. Von hier aus kann er mit dem Rückhalt Siegfried Jacobsohns gegen die Reaktion zu Felde ziehen: gegen Militär, Monarchie, Beamte, Spießer und Geschäftemacher.

»Viel Feind, viel Ehr« möchte man sagen, und man kann nicht umhin, seinen Mut zu bewundern. Aber Tucholsky erkennt schon bald, wie gering seine Wirkung ist und immer häufiger stürzt ihn diese Einsicht in die Übermacht seiner Gegner in depressive Zustände. Er deutet die Zeichen der Zeit und sieht auf sich, auf Deutschland, auf Europa eine düstere Zukunft zukommen.

Dabei ist bereits seine Gegenwart düster genug. Wie fast alle in dieser Zeit steckt er in finanziellen Schwierigkeiten.

Was ihn aber noch mehr bedrückt, ist die Hilflosigkeit, mit der er seinen Beziehungen zu Frauen gegenübersteht. Mary Gerold, die er im Krieg kennengelernt hatte, kommt 1919 auf sein Drängen hin nach Berlin. Kaum ist sie da, fühlt er sich von ihr entfremdet, heiratet wenig später seine langjährige Freundin Else Weil, fühlt sich aber schon nach vier Monaten wieder zu Mary hingezogen, trennt sich 1922 von Else, um nun doch mit Mary zusammenzuleben.

Um wenigstens seine finanziellen Probleme zu lösen, akzeptiert er das Angebot eines befreundeten Geschäftsmanns und arbeitet für mehr als ein Jahr in einer Bank. Resigniert schreibt er eine Grabrede in der ›Weltbühne‹ und meldet sich bis auf weiteres nur noch sehr verhalten zu Wort.

Das ändert sich, als nach Ende der Inflation die ›Weltbühne‹ mit einem Anliegen auf ihn zukommt, das ihn in Begeisterung versetzt. Der deutschlandmüde Tucholsky wird 1924 als Korrespondent nach Paris berufen. Seine Aufgabe: vermittelnde Kulturberichterstattung. Er heiratet

Mary Gerold und zieht mit ihr nach Paris. Sein Glück währt nur zwei Jahre, denn im Dezember 1926 stirbt überraschend Siegfried Jacobsohn und Tucholsky sieht sich gezwungen, die Leitung der ›Weltbühne‹ zu übernehmen. Zwar kennt er das Geschäft und führt es im Sinn seines verehrten Vorgängers weiter, aber die Arbeit ist ihm zuwider. Acht Monate erträgt er sein Los, dann übergibt er die Geschäfte an Carl von Ossietzky.

Er nimmt nicht nur seine Tätigkeit in Frankreich wieder auf, er arbeitet auch seit längerem an Buchprojekten, die in den folgenden Jahren erscheinen. Die wichtigsten davon und bis heute immer wieder gelesen: ›Ein Pyrenäenbuch‹ und sein zweiter Roman ›Schloß Gripsholm‹.

Er ist ständig unterwegs zwischen Paris und Berlin, wobei er in der einen Stadt eine Ehefrau und in der anderen eine Geliebte hat. Er zieht sich zum Arbeiten nach Dänemark zurück und muß, seiner strapazierten Gesundheit wegen, immer wieder zu Kuren und Erholungsurlauben. Mary Gerold trennt sich 1928 von ihm. Es ist eine harte Zeit für Tucholsky, aber er arbeitet unermüdlich weiter.

Je prekärer die politische Lage wird, desto stärker engagiert sich Tucholsky, nicht mehr nur als Schriftsteller, sondern auch als Redner. Er erfreut sich in dieser Zeit enormer Popularität und nutzt sie, um auf Tourneen und Vortragsreisen gegen Krieg und aufziehenden Faschismus zu mobilisieren.

Zu Beginn der dreißiger Jahre muß er freilich erkennen, daß er »zwar Erfolg, aber keinerlei Wirkung« hat. Krank und ausgebrannt stellt er fest, daß seine Anstrengungen vergeblich waren. Tucholsky resigniert. Er verläßt Deutschland für immer.

Die letzten Jahre verbringt er allein und isoliert im schwedischen Exil. Nach der Machtergreifung Hitlers verbrennen die Nazis seine Bücher. Sie konfiszieren sein Vermögen und seine Tantiemen und entziehen ihm Titel und zivile Rechte. Krank und unfähig zu arbeiten, lebt er in Hindås, wo er am 21.Dezember 1935 an einer Überdosis Schlaftabletten stirbt.

»Ich schreibe, um die Welt zu verändern.« Zu seinen Lebzeiten ist ihm dies zweifelsohne nicht gelungen. Betrachtet man aber die Entwicklung, die Deutschland und Europa seit 1945 genommen haben, so könnte man meinen, seine Gedanken seien hier auf fruchtbaren Boden gefallen. Tucholsky ist zu einem Klassiker geworden, aber seine Weisheiten sind keineswegs von gestern. Sein Traum von einer besseren Welt wirkt bis heute.

*Günter Stolzenberger*

# Quellenverzeichnis

Gesammelte Werke in 10 Bänden
Hg. von Mary Gerold-Tucholsky und Fritz J. Raddatz. Rowohlt Verlag GmbH, Reinbek bei Hamburg 1960

Die Q-Tagebücher 1934 – 1935. Hg. von Mary Gerold-Tucholsky und Gustav Huonker. Rowohlt Verlag GmbH, Reinbek bei Hamburg 1978

Weltbühne
Vollständiger Nachdruck der Jahrgänge 1918–1933. Athenäum Verlag, Königstein im Taunus 1978.

Zitate aus der 10-bändigen Gesamtausgabe werden mit Bandnummer und Seitenzahl angegeben, Zitate aus den Tagebüchern mit Q und Seitenzahl und Zitate aus der ›Weltbühne‹ mit WB und Tagesdatum.

## Für Liebhaber der Poesie – Geschenkbücher im kleinen Format

Rainer Maria Rilke
**Dies Alles von mir**
Hg. v. F.-H. Hackel
ISBN 3-423-12837-2

Hugo von Hofmannsthal
**Die scheue Schönheit kleiner Dinge**
Hg. v. D. Tetzeli v. Rosador
ISBN 3-423-13256-6

Francesco Petrarca
**Ich bin im Sommer Eis, im Winter Feuer**
Zweisprachige Ausgabe
Hg. u. übers. v. K. Stierle
ISBN 3-423-13257-4

Eduard Mörike
**Horch, von fern ein leiser Harfenton**
Hg. v. Dietmar Jaegle
ISBN 3-423-13258-2

Friedrich Schiller
**Und das Schöne blüht nur im Gesang**
Gedichte
Hg. v. J. Kiermeier-Debre
ISBN 3-423-13270-1

Joachim Ringelnatz
**Zupf dir ein Wölkchen**
Gedichte
Hg. v. G. Stolzenberger
ISBN 3-423-13301-5

Heinrich Heine
**Der Tag ist in die Nacht verliebt**
Hg. v. J.-C. Hauschild
ISBN 3-423-13390-2

Heinrich Heine
**Buch der Lieder**
Hg. v. J. Kiermeier-Debre
ISBN 3-423-02614-6

John Donne
**Hier lieg ich von der Lieb erschlagen**
Zweisprachige Ausgabe
Hg. u. übers. von Wolfgang Breitwieser
ISBN 3-423-13415-1

Klabund
**Das Leben lebt**
Hg. v. J. Kiermeier-Debre
ISBN 3-423-20641-1